III 신들의 시장

김 진 경 장 편 소 설

문학동네

차례

추적자 …7

부족지(部族誌) …17

그림자를 팔다 …32

귀도시로 가는 문 …47

면담 …63

죽은 자들 …75

어머니들 …93

귀시장 …104

거울의 문 …118

사발통문 ···126

너는 나 ···136

쓰레기의 산 ···147

사라진 수현이 ···159

거울 고치 ···169

무너지다 ···191

신들의 시장 ···202

연꽃이 피었다 ···214

추적자

작은 빵집이 가까워지자 네눈박이 개가 갑자기 짖어 대며 집을 향해 달리기 시작했다.

"야바달, 왜 그래? 무슨 일이야?"

유리도 네눈박이 개를 쫓아 달음박질쳤다. 목에 걸린 단추 고양이 인형이 유리의 움직임에 따라 흔들렸다. 문득 여왕을 위한 칼이 배낭 속에서 떨리는 게 느껴졌다. 그 떨림은 집이 가까워질수록 강해지고 있었다. 작은 빵집 앞에 이르자 캬—악 캬—악 울부짖는 소리가 들렸다. 네오였다. 어스름이 깔리는 시간이라 가게 안은 어두컴컴했다. 유리는 문손잡이를 당겨 보았다. 문은 잠겨 있었다.

'도둑이 든 건 아니야. 설마 추적자가 집 안까지 들어온 건가? 네오와 토오루운이 있는데?'

유리가 학교를 쉬고부터 수현이는 작은 빵집을 찾아오기도 하고 주위를 맴돌기도 했다. 그것이 뜸해진 이후로는 허깨비 같은 추적자들이 유리 주위를 맴돌았다. 하지만 감시한다는 느낌 정도였다.

유리는 손이 떨려 열쇠 구멍에 열쇠를 꽂아 넣기가 어려웠다. 겨우겨우 문을 열자 네눈박이 개가 쏜살같이 안으로 뛰어 들어갔다. 개 눈 위의 하얀 달걀 무늬가 환하게 빛을 내고 있었다. 네오가 울부짖는 소리는 방 안에서 들려오고 있었다. 방문은 활짝 열려 있었다.

'도서관 가기 전에 방문을 닫고 갔는데?'

방문 앞에서 보니 앉은뱅이책상 위에 잿빛 연기 덩어리가 맴돌고 있었다. 어머니의 숲 식구들의 인형을 둔 곳이었다. 앉은뱅이책상 위에는 인형들 대신 책꽂이가 보였다. 토오루운이 책꽂이로 위장해 인형들을 감춘 것이다. 잿빛 연기 덩어리는 앉은뱅이책상을 향해 달려들다 주춤주춤 물러서기를 반복했다. 네오가 책상 위에서 캬악거리며 발톱을 날카롭게 세워 허공을 할퀴었다.

네눈박이 개가 잿빛 연기 덩어리를 향해 달려들었다. 잿빛 연기 덩어리는 네눈박이 개의 흰 무늬에서 뿜어져 나오는 빛이 닿자 강하게 얻어맞기라도 한 듯 튕겨 나갔다. 그러고는 유리를 향해 쏜살같이 날아왔다. 미처 피할 새도 없이 잿빛 연기 덩어리가 악어용 모양을 이루며 유리 눈앞으로 확 다가오더니 한순간 머릿속을 들여다보는 느낌이었다.

다음 순간 잿빛 연기 덩어리는 튕겨 나가듯 유리의 머릿속에서 빠져나갔다. 여왕을 위한 칼이 뿜어내는 기운 때문인 듯했다. 네눈박이 개가 방을 빠져나가는 잿빛 연기 덩어리를 쫓아 뛰어나갔다. 잿빛 연기 덩어리는 용머리 모양을 그리며 쇼윈도 통유리로 스며들어 사라져 버렸다.

'추적자야! 설마 내 생각을 들여다본 건 아니겠지? 짧은 시간이었으니까 아닐 거야. 혹시 들여다보았다면?'

유리는 아까 그 순간에 무슨 생각을 했는지 떠올려 보았다. 잿빛 연기 덩어리가 달려들기 전에 네눈박이 개의 무늬에서 비쳐 나오는 빛을 보았다. 그러니 어머니의 숲 식구들의 인형을 생각하고 있지는 않았다. 안심이 되었다.

'솔본을 불러내야겠어. 나 혼자 힘으로는 안 되겠어……'

유리는 방으로 들어가 배낭을 열고 여왕을 위한 칼을 꺼냈다. 칼집에서 뽑힌 칼은 희미하지만 아직 빛을 내고 있었다. 추적자가 멀리까지 사라지지는 않은 것이다. 여왕을 위한 칼을 서랍에 넣으려는데 책상 위에 놓인 쪽지가 보였다.

아빠를 찾고 싶니? 귀도시(鬼都市)에 있는 귀시장(鬼市場)으로 와라.
단, 시장의 신과 함께여야 한다.
―수헌

"이게 뭐야?"

유리가 놀라 네오를 보았다. 네오는 모르겠다는 듯 야—옹 울며 고개를 흔들었다.

"누가 가져다 놓은 거지? 수현이가 왔다 갔나?"

유리의 눈초리가 가늘어졌다.

유리가 학교에 나가지 않은 날부터 수현이는 집으로 찾아왔다. 꼭 유리를 보러 온다거나 염탐하러 온다고는 할 수 없었다. 시간이 지나면서 수현이가 엄마를 보러 온다는 느낌이 들었다. 그리고 어느 날 수현이가 천연덕스럽게 "저, 엄마라고 불러도 돼요?" 하고 이한나 씨에게 물었을 때 유리는 몹시 놀랐다. 그때의 수현이는 평소의 오만한 모습이 아니었다. 어머니의 숲에 가기 전에 만났던 수현이와 어딘지 비슷했다. 하지만 수현이보다 더 이해할 수 없는 건 이한나 씨였다. 이한나 씨는 "그래, 수현이 내 수양아들 해라." 하며 환하게 웃었다. 순간 유리는 격렬한 분노에 휩싸였다. 사실 유리가 가장 이해하기 어려운 건 자기가 왜 그렇게까지 분노했나 하는 거였다. 그것은 단순한 시기심을 훨씬 넘어선 것이었다. 그 분노에는 이유가 있을 텐데 그게 뭔지 도무지 알 수 없었다.

"왜 불도 안 켜고 있어?"

지노가 가게 문을 열고 들어오며 안을 휘둘러보았다. 유리는 얼른 네오를 안고 가게로 나가 불을 켰다.

"왜 혼자야?"

유리가 지노의 뒤를 살피며 물었다. 개구리 공주를 찾는 거였

다. 유리가 학교를 나가지 않고 나서 열흘 뒤에 개구리 공주도 홈
스쿨링을 시작했다. 혼자 따돌림을 견디기 힘들었던 것이다. 유인
서 선생은 틈틈이 유리와 개구리 공주에게 공부를 가르쳐 주었
다. 퓨처 컴퍼니에서 금방 풀려나긴 했지만 정직 두 달을 받아 시
간 여유가 있었다. 거기에 지노도 끼어들었다. 오늘은 유인서 선생
과 공부를 하기로 한 날이었다.

"응, 집에 급한 일이 있나 봐."

지노가 의자에 걸터앉아 네눈박이 개의 머리를 쓰다듬으며 대
답했다.

"요즈음 뭐 재미난 일 없어?"

유리가 진열대에서 크림빵 하나를 집어 지노에게 건네며 건성
으로 물었다. 머릿속은 온통 수현이와 수현이의 쪽지 생각으로 가
득 차 있었다.

"재미난 일? 있지. 새로운 부족이 또 생겨나서 마녀가 골머리를
앓고 있거든."

"새로운 부족?"

"응, 아나고 부족이란 게 생겼어. 마녀가 뭘 시키든 '그런 거 안
하고 싶어요.'라고 하거든. 미래교육카드 목표 등수를 정해라. 그
런 거 안 하고 싶어요. 그러면 미래교육카드를 포기해라. 그런 거
안 하고 싶어요. 정 그러면 유리처럼 학교 나오지 마라. 그런 거 안
하고 싶어요. 마녀가 고혈압으로 쓰러지면 그건 분명히 아나고 부
족 때문일 거야. 유리 네가 학교 다니면 둘이 부족을 만들면 좋을

텐데."

지노가 말하고는 헤헤 웃었다.

하지만 유리는 이미 지노의 말을 듣고 있지 않았다. 수현이의 쪽지가 계속 머릿속을 떠나지 않았다.

'아빠를 찾고 싶으면 귀시장으로 오라고? 시장의 신과 함께?'

귀도시, 귀시장. 이름부터 으스스했다.

'귀시장은 어떤 곳일까? 이름대로 귀신들이 우글우글한 곳일까? 그런 데 가야 할까, 아빠를 찾으러?'

유리는 아빠라는 말이 아직은 막연했다. 머리는 찾으러 가야 한다고 말하지만 가슴은 그렇지 않았다. 종잡을 수 없는 생각들이 머리를 어지럽혔다.

"뭘 골똘히 생각해?"

지노가 유리의 어깨를 툭 건드렸다.

"으응, 그냥. 저기, 수현이는 어떻게 지내?"

유리가 물었다.

"늘 잘난 척이지, 뭐. 근데 그 자식은 왜? 또 여기 얼쩡거려?"

지노가 거슬린다는 표정으로 유리를 보았다.

"아니, 그런 건 아니고 수현이한테서 쪽지가 왔어. 아빠를 찾고 싶으면 귀도시로 오래."

"귀도시? 귀신 도시란 뜻이야? 그게 어디 있는데?"

"내가 얘기하지 않았나? '잃어버린 것들의 도시' 역에서 어머니의 숲 쪽으로 가다 보면 '살지도 죽지도 않은 것들만 들어올 수 있다'라는 팻말이 나와. 그 팻말이 있는 샛길을 따라가면 거기 있대."

"그래? 그럼 나도 드디어 잃어버린 것들의 세계로 모험을 떠나는 거야? 어디, 그 쪽지 좀 줘 봐."

지노가 눈을 반짝이며 손을 내밀었다.

"찢어 버렸어. 느낌이 안 좋아서."

유리가 둘러댔다. 혹시나 추적자들이 지노의 머릿속을 들여다보면 어쩌나 하는 생각 때문이었다. 시장의 신이니 하는 것들에 대해서는 지노가 더 이상 모르는 게 좋을 것 같았다.

"그럼 안 가려고? 하기는 수현이 자식이 무슨 일을 벌일지 모르지."

지노는 말은 그렇게 했지만 조금 아쉬운 눈치였다.

"아직 잘 모르겠어. 먼저 수현이를 만나 얘기를 들어 보려고."

"수현이한테 만나자고 전해 줘?"

지노의 물음에 유리는 고개만 끄덕였다.

유인서 선생은 피라미드 타워 옆 이 층 커피숍 창가에 앉아 있었다. 피라미드 타워 앞 인도에 피켓을 든 사람들 십여 명이 서 있는 게 보였다.

"참 무서운 놈들이야. 벌써 한 달째 저러는데도 눈 하나 꿈쩍 않으니."

매부리코가 인도를 내려다보며 중얼거렸다. 퓨처 컴퍼니 앞의 피켓 시위는 벌써 한 달을 넘기고 있었다. 하지만 퓨처 컴퍼니의 답변은 늘 똑같았다. 자기들은 노숙자를 위한 재활 복지 프로그램을 시험적으로 운용하고 있으며 노숙자들은 모두 만족스러워하고 있다. 그래도 이름과 나이 등 신원이 확인되면 본인의 의사를 물어 내보낼 수 있다. 그런데 노숙자들이 신원을 밝히지 않을뿐더러 나가고 싶어 하는 이도 없다. 노숙자들이 본명을 밝히지는 않지만 퓨처 컴퍼니에서는 이미 노숙자들에게서 동의서를 받아 놓은 상태이기 때문에 법적으로도 문제 될 게 없다.

"성 베드로 병원하고 신부님들은 왜 백원만에 대한 기자회견을 자꾸 미루는 거죠?"

매부리코가 유인서 선생에게 눈길을 돌리며 물었다. 성 베드로 병원의 닥터 박은 이미 백원만의 환자복에서 나온 의료 기록 용어와 퓨처 컴퍼니의 의학 연구소에서 발표한 논문의 용어 대조를 마친 상태였다. 닥터 박의 말에 따르면 백원만의 의료 기록은 무의식의 에너지를 이식하는 새로운 의학 기술 용어들과 일치하며 백원만의 증상은 논문에서 유추할 수 있는 부작용과 비슷하다고 했다. 백원만에 대한 진찰 결과를 종합해 볼 때 백원만이 좀비처럼 된 원인은 새로운 의료 기술 임상 실험의 영향일 가능성이 크다는 것이다.

"젊은 신부님들은 그런 사실을 빨리 알려야 한다고 생각하는데 위에 있는 나이 든 신부님들은 상당히 조심스러워하는 것 같아요. 오늘도 그 문제 때문에 신부님들이 회의를 한다니까 곧 소식이 올 겁니다."

유인서 선생이 말하고는 눈길을 창밖으로 돌렸다. 잠깐 사이에 피켓 시위를 하는 사람들의 수가 부쩍 늘어나 있었다. 신부와 수녀도 보였다.

"신부님들과 수녀님들도 있네요?"

유인서 선생이 의아한 눈으로 매부리코를 보았다.

"그러게요. 성당에서 무슨 일이 생겼나?"

매부리코가 유인서 선생을 마주 보며 고개를 갸웃거렸다.

그때 타조 청년과 젊은 신부 하나가 황급히 커피숍 문을 열고 들어왔다. 젊은 신부는 성 베드로 병원에서 이따금 마주친 미카엘 신부였다.

"큰일이 터졌어요."

타조 청년이 건너편 의자에 앉아 숨을 고르며 말했다.

"무슨 일?"

매부리코가 긴장하여 타조 청년을 건너다보았다.

"달팽이 모자들이 백원만 씨가 있는 수도원에 진입해서 수색을 벌였습니다. 중상은 아니지만 그걸 막으려던 수사님들 몇 분이 다쳤어요."

미카엘 신부가 차분하게 설명했다.

"백원만 씨는요? 무사한가요?"

유인서 선생이 의자 등받이에서 상체를 떼며 물었다.

"다행히 무사합니다. 젊은 수사 두 분이 담을 넘어 가까운 성당으로 백원만 씨를 옮겼어요. 아슬아슬했습니다."

미카엘 신부가 대답했다.

"정말 다행입니다."

유인서 선생이 안도의 한숨을 쉬며 다시 등받이에 몸을 기댔다.

"수도원에 경찰을 들여보내다니 퓨처 컴퍼니도 무척 다급했던 모양이군요. 그건 천주교 교단을 적으로 만드는 건데. 어쩌면 이 일이 전화위복이 될지도 모르겠네요?"

매부리코가 말했다.

"안 그래도 이번 일로 우리 젊은 신부들과 나이 드신 신부님들 사이의 의견 차이가 어느 정도 해소되었습니다. 그래서 백원만 씨에 대한 기자회견도 내일 아침으로 잡았고요. 워낙 시간이 촉박한 터라 좀 도와주셨으면 하는데 같이 가실 수 있겠습니까?"

미카엘 신부가 유인서 선생과 매부리코에게 번갈아 눈길을 주었다.

"물론 도와 드려야죠. 그런데 기자회견에 백원만 씨도 나오게 할 건가요?"

유인서 선생이 물었다.

"백원만 씨가 기자회견장에 나오면 문제가 복잡해질 테니 동영상으로 대신할 작정입니다."

"이것저것 할 일이 많을 텐데 어서 일어서시죠."

매부리코가 말하며 자리에서 일어섰다. 유인서 선생도 따라 일어서며 핸드폰을 꺼내 작은 빵집 전화번호를 눌렀다. 유리와 공부하기로 한 날이었다.

부족지(部族誌)

아침 햇살이 등교하는 아이들의 등에서 환하게 부서지고 있었다. 학교 담장 위로 솟은 나뭇잎이 햇솜 이불처럼 폭신하게 느껴졌다.

지노는 수현이에게 뭐라고 말할까 궁리하며 교문을 지나고 있었다. 유리한테 대뜸 말을 전해 준다고는 했지만 막상 아침이 되니 수현이와 말을 섞고 싶지 않았다.

"맞아! 쪽지. 나도 수현이 자식처럼 쪽지를 보내는 거야."

지노는 손가락을 딱 튕겼다.

"혼자 뭘 그렇게 중얼거리냐?"

누군가 말을 걸어 돌아보니 아나고 부족의 족장이었다. 족장은 미래교육카드가 시작될 때 세 번째 줄에 앉아 있었는데 첫 번째 시험이 끝난 후 맨 뒷줄로 밀렸다. 족장은 어머니와 단둘이 살았다. 어머니가 눈물로 호소해서 제 딴에는 해 보겠다고 야심 찬 목표를 세웠지만 역부족이었다. 그도 그럴 것이 족장은 늘 지노가 꼴찌를 면하도록 해 주는 두 명의 공신 중 하나였다. 지노가 꼴찌에서 세 번째면 늘 꼴찌나 꼴찌에서 두 번째를 해 왔으니 단번에 야심 찬 목표를 달성한다는 건 애초에 무리였다.

족장은 맨 뒷줄로 온 후 깨달은 바가 있었는지 점점 속세를 떠난 도사처럼 되어 갔다. 처음에는 늘 책상에 엎드려 있었는데 시간이 지나자 참선이라도 하는 것처럼 똑바로 앉아 눈을 지그시 감고 있었다. 마녀는 그런 족장에게 가끔 잔소리를 했다. 공부 좀 열심히 해라. 그런 거 안 하고 싶어요. 그럼 수업에 들어오지 말든지. 그런 거 안 하고 싶어요. 그럼 아예 학교를 그만둬. 그런 거 안 하고 싶어요. 마녀는 몇 번 잔소리를 하다가 "안 하고 싶어요."라는 대답에 질려 손을 들고 말았다. 그 뒤로 "그런 거 안 하고 싶어요."라고 말하는 아이들이 늘어났고 그는 드디어 아이들에 의해 아나고 부족의 족장으로 추대되었다.

"수현이한테 할 말이 있는데 그 자식 워낙 왕 재수 없는 놈이라……."

지노가 미간을 찌푸렸다.

"너 같은 애가 그 귀족하고 할 말이 뭐가 있어서?"

귀족은 수현이를 비롯하여 미래교육카드에 성공한 두셋의 아이들을 이르는 말이었다. 신분이 높은 족속이라는 뜻도 되고 귀신 족속이란 뜻도 되었다.

"나도 웬만하면 그런 거 안 하고 싶어요, 도사님."

지노가 아니고 부족의 말투를 흉내 내며 족장을 보았다.

"도사? 도사야 유리처럼 속세를 아주 떠나야 도사지 내가 무슨 도사냐?"

"왜? 진짜 도가 높은 도사는 속세에서 속인들처럼 산다잖아."

"역시 짐작한 대로 지노 너도 도가 높긴 높구나. 도가 높지 않으면 진짜 도사를 알아볼 수 없다던데."

족장이 말하고는 하하 웃었다. 지노도 따라 웃었다.

"너 그 소문 들었냐?"

지노가 웃음을 그치고 목소리를 낮췄다.

"무슨 소문?"

"매혈족(賣血族)이 그림자인지 뭔지를 판다는 거 말이야."

매혈족은 미니같이 미래교육카드에 실패했지만 끊임없이 귀족이 되려고 애쓰는 부류의 아이들을 이르는 말이었다. 그 아이들은 무슨 수를 쓰든 귀족처럼 고액 과외를 받고 고급 브랜드의 옷을 사 입으려고 애를 썼다. 하지만 미래교육카드에 실패한 마당에 고액 과외를 받고 고급 브랜드 옷을 사 입을 포인트를 가지고 있을 리 없었다. 그런데도 미니를 비롯한 몇몇 아이들은 귀족처럼 지냈다. 언젠가부터 그 아이들이 무언가를 팔아서 포인트를 얻는다는 소문이 나기 시작했고 그때부터 그 아이들에게 매혈족이라는 이름이 붙었다.

"매혈족이 퓨처 컴퍼니가 세운 백화점이나 마트에 몰래 그림자를 팔고 있다는 소문? 그게 말이 되냐?"

족장이 하하 웃었다.

"하지만 이상하잖아. 미니네 집 망했다면서? 그런데 미니는 여전히 최고급 신상품만 갖고 다니잖아. 걔 요새 얼굴도 무지 안 좋아."

"하긴. 미니네 아빠가 미래카드 목표를 무리하게 설정하고 포인트를 왕창 당겨썼다가 망해서 도망 다닌다면서? 매혈족을 미행해서 진짜로 그림자를 파나 알아볼까?"

족장이 눈을 반짝이며 지노를 보았다.

이한나 씨는 요즈음 들어 작은 빵집을 자주 비웠다. 교대로 동문 시장의 망루 지키랴, 퓨처 컴퍼니 앞의 피켓 시위에 나가랴 바빴다. 그럴 때마다 유리는 작은 빵집을 혼자 지켜야 했다. 오늘도 이한나 씨는 천주교 사제단의 백원만에 대한 기자회견이 있어서 아침 일찍 집을 나섰다.

유리는 네오를 쓰다듬으며 수현이가 보낸 쪽지를 생각하고 있었다. 아빠를 찾고 싶으면 귀시장으로 오라고? 귀도시에 그림자 탑이 생겼으면 산카라도 거기 있을 텐데. 한 차례 겪기는 했지만 산카라와 마주치는 건 여전히 두려웠다. 어떻게 하지?

"안 되겠어."

유리는 방으로 들어가 서랍에서 여왕을 위한 칼을 꺼냈다. 칼은 떨고 있지 않았다.

"추적자들이 멀리 있는 거야. 잘됐다. 토오루운, 솔본을 부를 거야. 책꽂이 좀 치워 줘."

유리가 말하자 책꽂이가 고무 사람, 토오루운으로 변했다. 책꽂이가 있던 자리에 어머니의 숲 식구들의 인형이 모습을 드러냈다. 유리는 솔본 인형을 집어 들었다.

"게겔 투야 도슈흔 돌리에오 무지개의 발."

유리가 주문을 외자 솔본 인형이 초록빛을 내더니 책상 위를 정신없이 뛰어다니기 시작했다. 마치 커다란 반딧불이 눈에 보이지 않을 정도로 빠르게 왔다 갔다 하는 것 같았다.

"솔본, 정신없어. 멈춰 봐!"

유리가 소리치자 초록 빛덩이가 유리의 손등에 내려앉더니 솔본의 모습이 나타났다.

"안녕, 오랜만이야."

솔본이 고개를 까딱하며 헤헤 웃었다.

"안녕, 반가워."

유리도 웃어 주었다.

"물어볼 게 있어서 불렀어."

유리가 책상 위에 수현이가 보낸 쪽지를 펼쳐 놓았다. 솔본이 초록 빛덩이가 되어 쪽지 위에 내려앉았다. 그러고는 번개처럼 왔다 갔다 하더니 멈추어서 고개를 끄덕끄덕했다.

"추적자들이 너를 통해 시장의 신을 추적하는 데 실패했나 봐. 이건 시장의 신을 끌어내는 마지막 방법 같아."

"사슴 할아버지를 찾아내는 게 그렇게 어려워? 산카라의 능력이면 금방 찾을 수 있을 텐데?"

유리가 갸웃했다. 그동안 궁금하게 여겨 오던 차였다.

"옛날부터 전해 오는 말에 '기인은 시장에 숨어 산다.'라는 게 있지. 기인이 그렇고 그런 평범한 사람의 모습으로 일단 시장에 몸을 숨기면 아무도 찾아낼 수 없지. 시장의 신은 기인 중의 기인이야. 늘 앞에 보이지만 아무도 그를 알아볼 수 없어. 그를 찾는 유일한 방법은 그를 시장의 신으로 알아보는 사람을 통해서지. 그래서 추적자들이 유리 네 주위를 맴도는 거야."

"그래서 귀시장에 가야 하는 거야, 말아야 하는 거야?"

유리가 물었다.

"그건 너 스스로 대답해야 해."

솔본이 말하며 유리를 빤히 올려다보았다.

"무슨 소리야? 내가 대답을 듣고 싶은 건 귀시장에 가는 게 위험하냐, 아니냐야."

솔본의 엉뚱한 대답에 답답해진 유리가 볼멘소리로 말했다.

"위험은 있겠지. 하지만 중요한 일을 할 거냐, 말 거냐는 위험한가, 아닌가로 결정하는 게 아니라 네가 정말 하고 싶은가, 아닌가로 결정하는 거야. 귀시장에 가고 안 가고는 유리 너와 시장의 신이 결정할 문제야."

솔본의 개구쟁이 같은 얼굴에 제법 엄숙한 표정이 떠올랐다.

"어머니의 숲 식구들도 함께 가 줄 거야?"

유리의 표정도 심각해졌다.

"필요하면 우리도 도와줄 거야. 하지만 산카라의 힘은 엄청나게 커졌어. 지금도 수많은 사람의 그림자를 빨아들이며 커지는 중이지. 산카라가 두려워하면서도 찾으려고 하는 이는 시장의 신이야."

"산카라가 시장의 신을 두려워한다고? 사슴 할아버지가 무슨 힘이 있다고?"

"산카라는 신들의 시장으로 가서 무언가를 찾고 싶어 해. 신들의 시장으로 가는 길을 여는 이가 바로 시장의 신이지. 그런데 그림자의 왕은 신들의 시장에서 소멸한다는 말이 잃어버린 것들의 세계에 격언처럼 전해 내려오고 있거든."

유리가 뭔가 더 물어보려는데 여왕을 위한 칼이 희미하게 빛을 내더니 조금씩 떨기 시작했다.

"추적자들이 몰려오는 것 같은데? 잠깐만!"

솔본이 유리의 얼굴로 뛰어오르더니 검지를 자기 이마 가운데에 댔다가 유리의 이마 가운데에 대며 빠르게 무언가 중얼거렸다. 그러자 유리의 이마 가운데에 초록 별이 나타났다 사라졌다.

"뭐 한 거야?"

유리가 눈이 동그래져서 물었다.

"추적자들이 네 머릿속을 들여다보지 못하게 방패막이를 해 놓은 거야. 너도 다른 사람의 머릿속을 추적자들이 들여다보지 못하게 하고 싶으면 내가 한 것처럼 하면 돼. 네 이마에도 솔본의 별이 생겼으니까."

솔본이 말하며 검지를 자기 이마 가운데에 댔다가 토오루운의 이마 가운데에 가져다 댔다. 그러고는 중얼거렸다.

"솔본의 눈부심으로 머릿속을 들여다보는 것을 금한다."

그러자 토오루운의 이마에 초록 별이 나타났다 사라졌다.

여왕을 위한 칼에서 뿜어져 나오는 푸르스름한 빛이 점점 강해지며 진동도 더욱 커졌다.

"이제 가 볼게."

솔본이 인사를 하고는 어머니의 숲 식구들을 본떠 만든 인형들 사이로 들어가 섰다. 그러자 몸에서 비쳐 나오던 초록빛이 사라지며 솔본은 인형으로 돌아갔다. 토오루운이 몸을 넓적하게 펼쳐 인형들을 덮자 다시 책꽂이가 되었다.

조금 지나자 방의 유리창과 가게 쇼윈도 밖으로 뿌연 안개가 짙게 몰려들었다. 입김을 불어 만든 듯한 악어용의 머리가 유리창에 희미하게 나타났다. 이어서 아—소—사—쉬—수—스—소—사— 하는 뜻 모를 속삭임이 퍼져 나가더니 안개가 방과 가게 안을 하얗게 채웠다. 농밀한 안개가 무언가를 찾는 듯 촉수를 뻗어 여기저기를 더듬으며 돌아다니는 게 보였다. 네오가 울부짖는 소리, 네눈박이 개가 짖어 대는 소리가 들려왔다. 유리는 어머니의 숲에서 죽음의 호수로 가다가 만났던 짙은 안개를 떠올렸다.

'사람을 홀리는 안개야.'

유리는 마음을 다져 먹었다. 안개의 촉수가 유리에게 다가왔다. 안개의 촉수가 닿으려는 순간 유리의 이마 가운데에서 초록 별이 반짝 빛을 냈다. 그러자 안개의 촉수가 불에 닿기라도 한 듯 움찔하여 뒤로 물러섰다.

'유—리—, 나는 너다. 유—리—, 거부하지 마라.'

음산한 목소리가 유리의 가슴 밑바닥을 울리고 갔다. 그러자 방 안이 무한대로 넓어지면서 유리는 어느새 안개 낀 도시의 폐허에서 있었다. 무너지다 남은 건물들의 잔해가 흐르는 안개 속에서 유령선의 돛대처럼 모습을 드러냈다 감추곤 했다.

'여기가 어디지? 내가 왜 이런 데 있는 거야?'

'어서 오너라, 유—리—. 나는 너다, 유—리—.'

유리의 물음에 답하기라도 하듯 음산한 목소리가 들려왔다. 유리는 홀리기라도 한 듯 안개 속을 걸었다. 문득 짙은 안개 자락이 바람에 날리는 커튼처럼 걷히며 유령선의 고물처럼 홀연히 원통형의 검은 탑이 나타났다. 유리는 헉— 숨을 들이켰다.

얼마나 시간이 지났을까? 안개 속으로 푸른빛이 퍼져 나갔다. 마치 안개 너머에서 푸른빛을 내는 거대한 짐승이 다가오는 것 같았다. 푸른빛이 점차 선명해지자 검은 탑도 안개에 뒤덮인 도시의 폐허도 모습을 감추었다. 다시 방 안이었다.

'뭐지? 뭐가 다가오고 있는 거지?'

유리가 그 자리에 얼어붙어 있는데 딸랑, 종이 울리며 가게 문 열리는 소리가 들렸다.

"대낮에 웬 안개람? 어, 지노 왔구나? 친구랑 같이 왔네? 누구야?"

이한나 씨의 목소리였다. 그와 함께 방 안을 돌아다니던 안개가 슬그머니 자취를 감추었다.

"미니예요. 같은 반 친구요."

지노가 미니를 소개하는 소리에 이어 미니가 인사하는 소리가 들렸다.

'미니? 미니가 왜 온 거야?'

유리는 가게를 내다보았다. 거리에 안개가 짙게 끼어 쇼윈도 밖은 잿빛이었다. 쇼윈도를 등지고 선 미니는 콧대 높고 자신만만해 보이던 옛날의 미니와는 어딘가 좀 달랐다. 안개가 몰고 온 유령처럼 섬뜩했다.

"유리야, 친구들 왔어. 나와 봐."

이한나 씨가 말했다. 유리는 가게로 나갔다. 미니에 대해서는 좋지 않은 기억들만 있는 터라 지노가 미니를 왜 데리고 왔는지 이해가 되지 않았다.

"기다려, 빵 구워 줄게."

이한나 씨가 지노와 미니에게 웃어 보이고는 조리실로 들어갔다.

"웬일이야?"

유리가 의아한 눈으로 미니를 보았다.

"수현이가 전해 달라는 것도 있고, 너한테 물어보고 싶은 게 있어서."

미니가 유리의 눈길을 피하며 말했다.

"수현이가?"

"응, 수현이가 이거 전해 주래."

유리는 미니가 건넨 쪽지를 펼쳐 보았다.

> 유리, 언제까지 거울 속에 잡혀 있을 거니?
> 너 때문에 나도 거울 속에 잡혀 있어.
> 귀시장으로 와라.
> 거기 거울 밖으로 빠져나가는 길이 있어.
> 시장의 신을 따라와.
> ─수현

'거울 속에 잡혀 있다니? 이건 또 무슨 엉뚱한 소리야?'

유리는 고개를 갸웃거렸다. 하지만 왠지 얼마간은 수현이의 진심이 느껴지기도 했다.

'수현이는 도대체 어떤 존재일까? 나의 분신이니까 산카라와는 다른 거겠지? 그런데 분신이란 어떤 존재지? 내 앞에 왜 나타난 거야? 잠깐, 그러고 보니 수현이가 귀도시로 갈 때를 알려 준다고 했어!'

불현듯 유리의 머릿속에 바얀이 한 말이 떠올랐다.

"시장의 신?"

지노가 어깨너머로 쪽지를 들여다보다가 무심코 중얼거렸다. 유리는 얼른 쪽지를 접으며 미니에게로 관심을 돌렸다.

"할 말이 뭐야?"

유리가 물었다.

"으응, 뭐 물어볼 게 있어서."

미니가 대답하며 지노를 흘깃 보았다. 지노 앞에서는 말하기 곤란한 내용인 모양이었다.

유리는 미니를 방으로 데려갔다. 미니는 바닥에 앉으면서 앉은뱅이책상 위에 눈길을 주었다. 그 눈길이 좀 부담스러웠다.

"물어볼 게 뭔데?"

유리가 미니의 눈길을 돌리려고 물었다.

"노숙자들 중에 퓨처 컴퍼니에 붙들려 갔다가 좀비처럼 된 사람이 있다는 게 사실이야?"

뜻밖의 질문이었다.

"응."

"퓨처 컴퍼니에 잡혀간 사람들은 다 그렇게 되는 거야?"

"잘 모르겠어. 그런 건 왜 물어?"

유리는 미니가 전처럼 또 아빠를 가지고 자기를 놀리려나 싶어 미니의 표정을 살폈다. 그런데 그건 아닌 것 같았다. 미니의 눈에는 어떤 간절함 같은 게 있었다.

"저기…… 우리 아빠가……."

미니가 눈길을 떨구었다.

"너희 아빠가? 왜?"

"사업이 힘들었대. 그래서 미래카드 목표치를 높게 잡아 포인트를 많이 당겼었나 봐. 그래서 나처럼 망했지, 뭐."

미니가 남의 말 하듯 말하고는 힘없이 웃었다.

"그래서?"

"도망 다니신다고 하는데, 갑자기 아빠와 연락이 안 돼. 퓨처 컴퍼니에 붙잡혀 가신 거면 어떡하지?"

미니의 눈빛은 초조해 보였다.

유리는 어떻게 위로를 해 주어야 할지 모르겠는 데다 늘 자신을 괴롭히던 미니의 변화가 당황스럽기도 했다.

"걱정 마. 아닐 거야. 노숙자 아닌 사람이 퓨처 컴퍼니에 잡혀갔단 얘기는 못 들었어."

"아니, 난 좀 걱정이 돼."

미니가 가방에서 종이 뭉치를 꺼내 들었다. 알 수 없는 기호들이 적힌 복사 문서였다.

"아빠 일기장에서 발견했는데, 퓨처 컴퍼니 로고도 있고 아빠 도장이 찍혀 있길래 가져온 거야. 엄마는 아직 몰라. 너 아는 사람한테 부탁해서 여기 적힌 내용이 뭔지 알아봐 주면 안 될까?"

자존심이 강한 미니에겐 그런 걸 부탁하는 것 자체가 고통일 터였다.

"알았어. 알아봐 줄게."

유리가 종이를 건네받았다. 미니는 잠시 미적거리더니 가방에서 무언가를 꺼내 유리 앞에 내밀었다.

"저기…… 이거 너 가져."

그건 고양이 인형이었다. 작은 원뿔 모양 주머니 가운데에 지퍼

가 달려 있고, 조금 열린 지퍼 사이로 하얀 고양이 인형이 염탐이라도 하듯 밖을 내다보고 있었다. 쥐눈이콩처럼 작고 까만 눈이 재미있었다.

"이걸 왜 날 줘?"

"그냥……. 그거 비싼 거야. 나 간다."

미니가 말하고는 후다닥 방을 나갔다. 유리는 "비싼 거야."란 말에 속으로 피식 웃었다. 그건 참 미니다운 말이었다. 미니가 미니답다는 게 반갑게 느껴졌다.

미니가 방금 빠져나간 문밖을 한참 내다보는데 지노가 다가와 유리 옆에 섰다.

"뭘 봐? 미니 그림자라도 보는 거야?"

지노가 물었다.

"무슨 소리야?"

유리가 돌아보며 눈을 동그랗게 떴다.

"미니, 미래교육카드 포인트 받으려고 그림자를 판다는 말이 있어."

지노가 대답했다.

"그림자를 판다고? 어떻게? 어디다?"

"퓨처 컴퍼니에서 세운 백화점이나 마트에 판다고 하던데, 어떻게 파는지는 나도 모르지. 이제부터 알아보려고."

"어떻게?"

"미행해 보면 되지. 너도 같이 할래?"

지노가 눈을 반짝였다. 유리는 안절부절못하던 미니의 얼굴을 떠올렸다. 잠시 고민하던 유리가 입을 뗐다.

"그보다 그림자를 판다는 곳부터 먼저 가 보자."

"좋아! 오늘이든 내일이든 가 보자. 참, 미니가 너한테 무슨 말한 거야?"

지노가 생각난 듯 물었다.

"넌 몰라도 돼."

유리가 웃었다.

"어, 빵 다 됐나 보다."

지노가 입맛을 다시며 코를 킁킁거렸다.

그러고 보니 빵 굽는 냄새가 코끝을 맴돌고 있었다. 빵 굽는 냄새는 유리에게 묘한 안도감과 편안함을 주었다. 빵 굽는 냄새는 엄마 냄새였다. 아침에 눈을 떴다 감았다 하며 이불 속에서 뒹굴뒹굴할 때 빵 굽는 냄새가 코끝을 맴돌면 '엄마구나!' 하는 생각이 들며 마음이 편안해지곤 했다.

그림자를 팔다

"안녕하세요?"

타조 청년의 커다란 목소리가 방까지 들려왔다. 유리는 몸을 뒤치며 이불을 끌어 올렸다.

"동생! 일찍 왔네? 아직 두 시간은 남은 것 같은데. 열한 시에 모인다고 하지 않았나?"

이한나 씨였다.

'동생? 타조 아저씨? 아 참, 미니!'

유리가 벌떡 일어났다.

"그냥 좀 서둘렀어요. 유리는 어디 갔어요?"

"어디 가긴? 아직 한밤중일걸. 자꾸 게을러져서 빨리 학교 보내야 할까 봐."

"엄만 내가 무슨 늦잠을 잔다고 그래?"

유리가 미니가 준 문서를 찾아 쥐고 가게로 나서며 볼멘소리를 했다.

"어이구, 오늘은 일찍 일어나셨네?"

이한나 씨가 피식 웃었다.

"근데 오늘도 어디 가, 엄마?"

유리가 불만 섞인 표정으로 이한나 씨를 보았다.

"응, 퓨처 컴퍼니 사람들하고 면담이 있어. 어제 기자회견에서 요구한 우리 제안을 받아들였어."

타조 청년이 끼어들었다.

"그럼 노숙자 아저씨들 다 나오는 거예요? 아빠도……?"

유리가 말하다가 이한나 씨의 눈치를 살피며 뒷말을 흐렸다.

"그렇게 쉽게 풀어 주겠니? 그랬으면 애초에 붙잡아 가지도 않았겠지."

타조 청년이 한숨을 쉬었다.

"아 참, 저 보여 드릴 거 있어요. 우리 반 애가 자기 아빠 찾아야 한다고 이걸 줬거든요."

유리가 미니가 준 문서를 타조 청년에게 내밀었다.

"이게 뭔데?"

타조 청년이 문서에 눈길을 주며 물었다.

"걔네 아빠 일기장에서 발견한 거래요. 자기네 아빠가 퓨처 컴퍼니에 잡혀갔을지 모른다고 걱정하면서 주었어요."

"그 애 아빠, 노숙자니?"

"아뇨. 그냥 미래카드 포인트를 많이 당겨 썼는데, 목표 달성 못해서 도망 다닌다고……."

"그렇다고 신분이 확실한 사람을 잡아갔을 리가……?"

타조 청년이 문서를 펴 보며 고개를 저었다. 타조 청년의 얼굴에는 믿고 싶지 않은 기색이 역력했다.

"계약서 같은데, 의학 용어가 많아서 닥터 박 선생님한테 물어봐야겠는걸……."

타조 청년이 심각한 표정으로 문서를 만지작거렸다.

"미래교육카드 포인트 얻으려고 그림자를 파는 애들도 있대요."

유리가 내처 말했다.

"뭐?"

타조 청년이 눈이 동그래져서 유리를 보았다.

"미래교육카드에 실패한 애들이 퓨처 컴퍼니 백화점이나 마트에 그림자를 판대요."

"애들이 스트레스를 받으니까 별 상상을 다 하는구나."

이한나 씨가 끼어들며 웃었다.

"어쨌든 이 문서는 퓨처 컴퍼니 사람들 만나기 전에 한번 이야기해 봐야겠어요. 먼저 가 볼게요. 누님은 천천히 오세요."

타조 청년이 급히 일어섰다.

"아니야, 나도 같이 가. 유리야, 점심 먹고 동문 시장 망루에 빵 좀 갖다 드려. 저기 싸 놓았어."

이한나 씨가 진열대 한옆에 놓인 커다란 빵 봉지 두 개를 가리켰다.

이한나 씨와 타조 청년은 피라미드 타워 옆 이 층 커피숍으로
향했다.

"안녕하세요?"

피라미드 타워 앞을 바삐 지나는데 인사하는 소리가 들렸다. 수
현이였다.

"수현이구나! 요즈음은 왜 아줌마 가게에 안 오니?"

이한나 씨가 반색을 하며 두 손으로 수현이의 볼을 감쌌다.

"저 먼저 가 있을게요."

타조 청년이 의아한 눈으로 두 사람을 보다가 발길을 돌렸다.

"응, 곧 뒤따라갈게."

이한나 씨가 건성으로 대답하고는 다시 수현이에게 눈길을 주었
다.

"유리가 저 가는 거 싫어해요. 오지 말라고 했어요."

수현이가 말하고는 시무룩한 표정을 지었다.

"유리가 오지 말라고 했다고?"

순간 유리를 향한 터무니없는 분노가 이한나 씨의 가슴을 채웠
다. 이한나 씨는 스스로도 이해할 수 없는 분노에 당황했다. 유리
의 입장에서 보면 수현이는 가해자였다. 이한나 씨는 수현이에 대
해 좋지 않은 감정을 갖는 게 당연했다. 그런데 첫 만남부터 이한
나 씨는 수현이에게 강하게 끌렸다. 이한나 씨의 감정은 상식적인

논리와는 정반대로 흐르고 있었다. 어떤 때는 이한나 씨 스스로 자신이 잘못되어 가는 게 아닌가 하는 위기감까지 느꼈다.

'왜지?'

문득 이한나 씨의 머릿속에 거울에 비친 유리의 어린 시절 모습이 떠올랐다. 남자아이의 옷을 입고 있는 유리는 어두운 표정을 하고 있다. 강한 눈빛에서 불만과 분노가 느껴진다. 그러고 보니 거울 속의 유리는 수현이와 매우 닮아 있다.

'그래서 수현이에게 끌린 건가? 그런데 내가 왜 유리한테 남자아이 옷을 입혔던 거지?'

뭔가 절박한 이유가 있었던 것 같은데 도무지 생각나지 않는다. 그것이 이한나 씨를 화나고 초조하게 한다.

'유리 아빠는 알고 있겠지?'

그 생각에 이한나 씨는 퍼뜩 정신을 차렸다. 앞에 수현이가 없었다. 주위를 둘러보았지만 수현이는 보이지 않았다. 이한나 씨는 무언가에 홀린 기분이었다.

타조 청년이 커피숍 문을 열고 들어갔을 때는 약속 시간이 일러서인지 유인서 선생과 매부리코, 닥터 박만이 나와 있고 천주교 쪽 사람들은 보이지 않았다. 모두 손에 신문을 하나씩 펴 들고 기사를 훑고 있었다.

"어제 기자회견 기사는 좀 나왔어요?"

타조 청년이 자리에 앉으며 물었다.

"아니, 아주 작게 싣거나 아예 안 싣거나 했어. 퓨처 컴퍼니 쪽에서 손을 쓴 거 같아."

매부리코가 신문을 탁 접어 내려놓았다.

"아마 의료 전문 기자가 아니라 사회부 기자들이 온 탓도 있을 겁니다. 그 의료 신기술 문제는 이해하기 좀 어려웠을 거예요."

닥터 박이 끼어들었다.

"저기, 잠깐 이거 좀 봐 주세요. 의학 용어가 많아서 도무지 무슨 뜻인지 알 수가 없는데."

타조 청년이 말할 틈을 노리다가 닥터 박에게 유리가 준 문서를 내밀었다.

"뭔데요?"

닥터 박이 문서를 들고 읽어 나갔다. 닥터 박의 얼굴이 점점 굳어져 갔다.

"이거 어디서 났습니까?"

닥터 박이 심각한 표정으로 타조 청년을 보았다.

"어떤 아이의 아버지가 미래카드에 실패해서 빚을 많이 진 모양이에요. 이건 그 사람과 퓨처 컴퍼니 사이에 맺어진 일종의 계약 문서 같아요."

타조 청년이 자신 없는 어투로 말했다.

"맞습니다. 이건 미래카드에 실패해 일정 한도 이상의 빚을 지고 못 갚을 때 신기술의 실험 대상이 되겠다는 계약서입니다."

닥터 박이 말을 마치고는 일행을 둘러보았다.

"그 문서가 믿을 만한 거라면 일이 꽤 심각해요. 백원만 씨 건은 노숙자들 문제로 한정될 수 있지만, 이건 미래카드를 쓰는 모든 사람이 좀비처럼 될 수도 있다는 거니까요."

매부리코가 고개를 절레절레 저었다.

"그런데 참 이해가 안 돼요."

닥터 박이었다.

"뭐가?"

유인서 선생이 문서를 넘겨받아 들여다보며 물었다.

"좋은 조직이라고 생각하진 않지만 퓨처 컴퍼니는 역사도 오래 되었고 나름대로 합리적인 조직이야. 절대 이렇게 서툰 짓을 할 조직은 아니거든. 퓨처 컴퍼니는 나쁜 짓을 해도 우리 같은 아마추어들에게 책잡힐 정도로 허술하게 일하지 않아. 그런데 노숙자분들 건이나 이거나 조직폭력배들이 마구잡이로 하는 짓 같단 말이야. 퓨처 컴퍼니 조직 내부에 심각한 문제가 있든지 아니면 거기서 일하는 사람들이 모두 뭐에 씐 것 같아."

닥터 박이 말했다.

"그거야 퓨처 컴퍼니 자기들 사정 아니겠어요? 이 문서는 잘 활용하면 우리에겐 좋은 기회일 수도 있을 것 같은데요?"

매부리코가 닥터 박을 건너다보았다.

"이 문서가 공개되고 여기 적힌 내용들이 사실로 밝혀지면 퓨처 컴퍼니는 존립 자체가 위태로워질 수도 있습니다. 이런 짓을 하는 조직에 관리를 맡길 나라나 자치단체가 어디 있겠습니까? 그렇기 때문에 일단 문서가 공개되면 퓨처 컴퍼니는 모든 힘과 방법을 동원해서 이쪽 주장을 거짓말로 몰아붙이고 거꾸로 명예훼손이라고 공격할 겁니다. 퓨처 컴퍼니는 상상할 수 없는 힘을 가진 조직이죠. 섣부르게 대항했다가는 되레 당할 가능성이 커요. 누구도 부인할 수 없는 증거를 확보하고 확실한 방법을 찾을 때까지 참고 기다려야 합니다."

"천주교 쪽에서 좀 도와주면 되지 않을까?"

유인서 선생이 끼어들었다.

"수도원에 경찰이 진입한 건이나 백원만 씨 건만 해도 천주교로서는 버거울 거야. 이 건은 말이 통하는 젊은 신부님 한두 분에게만 알리는 게 좋을 것 같은데?"

닥터 박의 말에 타조 청년은 불만이 많은 표정이었다. 눈치를 챈 유인서 선생이 타조 청년의 팔을 툭 치며 달랬다.

"퓨처 컴퍼니도 퓨처 컴퍼니지만 아이를 먼저 생각해야지. 잘못하면 그 아이와 가족이 큰 고통을 당할 수 있어."

유리는 앉은뱅이책상 위의 물건들을 보며 망설였다.

'추적자들이 방 안까지 들어오는데 어머니의 숲 식구들 인형을 두고 다녀도 될까?'

유리는 힐끗 창 쪽을 보았다. 점심시간이 지나도록 우유 바다 속에 들어앉은 것처럼 창문이 뿌옇했다. 안개는 오늘도 걷히지 않았다.

'귀찮아도 가지고 다니는 게 좋겠어. 추적자들이 무슨 짓을 할지 몰라.'

유리는 어머니의 숲 식구들 인형과 토오루운, 여왕을 위한 칼을 조심스럽게 배낭에 집어넣었다. 시계를 올려다보았다. 지노가 올 시간이 다 되어 가고 있었다.

'빼놓은 건 없겠지?'

그때 문 열리는 소리가 들렸다. 유리는 수현이가 준 쪽지를 주머니에 넣고 배낭을 멘 뒤 가게로 나갔다.

"준비됐어?"

지노가 물었다.

"응."

유리가 진열대 옆에 둔 빵 꾸러미를 가리켰다. 지노는 짐꾼을 자처하며 한 손에 빵 봉지를 들고 다른 손으로는 유리의 빵 봉지를 거들어 들었다. 유리와 지노는 가게를 나서 동문 시장으로 향했다. 네눈박이 개가 앞서 걸었다.

"안개가 정말 심하다. 꼭 살아 있는 것 같아."

지노가 무심코 중얼거렸다. 기다란 솜뭉치처럼 생긴 안개의 촉수가 뿌연 허공을 이리저리 더듬으며 돌아다니고 있었다.

"지노야, 고개 좀 숙여 봐."

유리의 말에 지노는 "왜?" 하고 토를 달면서도 고개를 숙였다.

"솔본의 눈부심으로 머릿속을 들여다보는 것을 금한다."

유리가 자기 이마 가운데에 검지를 댔다가 지노의 이마 가운데

에 대며 중얼거렸다. 그러자 지노의 이마에서 초록 별이 반짝 빛
나다 사라졌다.

"뭐야? 뭐가 반짝했는데? 마술이야?"

지노가 눈이 동그래져서 유리를 보았다.

"응, 안개 속에서 길 잃지 말라고 마술 건 거야."

유리가 말하고는 빙긋 웃었다.

"에이 씨, 내가 바보냐, 안개 꼈다고 동네에서 길을 잃게?"

지노가 콧방귀를 뀌고는 네눈박이 개를 따라 걷기 시작했다.

유리와 지노는 무심천 쪽을 향해 걸었다. 동문 시장 블록이 가
까워지자 길 건너편의 대형 마트 불빛이 안개 속에 번져 있는 게
보였다. 동문 시장을 망하게라도 하려는 듯 퓨처 컴퍼니에서 새로
세운 초대형 마트였다. 마트로 건너가는 건널목에 여자아이 네댓
명이 서 있는 게 어렴풋이 보였다.

"미니 아냐?"

유리가 고개를 갸웃하며 여자아이들을 향해 다가갔다. 유리가
막 미니를 부르려는데 지노가 말렸다.

"우리 쟤네 따라가 보자, 정말 그림자를 팔러 가는지."

마침 보행 신호가 들어오자 여자아이들이 길을 건너기 시작했
다. 유리가 곰곰이 생각하다 고개를 끄덕였다.

유리와 지노는 속도를 늦추어 여자아이들과 적당한 거리를 두
었다. 그래 봐야 안개가 너무 짙어서 열 걸음 정도의 거리였다.

여자아이들은 마트 정문으로 들어갔다. 유리는 인형으로 변한

네눈박이 개를 한 팔에 안고는 마트로 들어갔다. 여자아이들은 미니와 미니 친구들이 확실했다. 미니네는 엘리베이터 앞으로 가 더니 아래로 내려가는 버튼을 눌렀다. 지하는 지하 일 층 식품 판 매부와 지하 이 층 오락부를 빼면 주차장이었다. 땡 소리가 나며 엘리베이터가 도착하더니 손님들이 내렸다. 미니네가 텅 빈 엘리 베이터에 올라탔다.

"어떻게 하지, 같이 탈 수도 없고?"

지노가 유리를 돌아보았다.

"일단 몇 층에 서는지 확인해 보자."

엘리베이터 불빛이 지하 이 층에 멈추었다가 다시 올라오기 시 작했다.

유리와 지노는 엘리베이터를 타고 지하 이 층으로 내려갔다. 지 하 이 층에는 스포츠센터, 실내 골프장, 사우나, 게임방 등이 있었 다. 바닥에서 천장까지 사 미터는 되어 보였다.

"게임방에 갔나?"

지노가 안내판을 보더니 게임방으로 향했다.

"게임방 다니는 거 갖고 괜한 소문 난 거 아니야?"

유리가 게임방 문 앞에 서서 말했다.

"아니 땐 굴뚝에 연기 나냐? 게임방 안에 뭔가 비밀이 있을 거 야."

지노가 눈을 반짝이며 문을 밀고 들어갔다. 게임방은 학교 운 동장만큼이나 넓어 보였다. 그 넓은 공간이 시끄러운 전자음과 전자 섬광으로 가득 차 있었다. 하지만 그 탁한 공기와 시끄러운 소리, 섬광에 대해 불평하는 이는 없었다. 모두들 저마다 주어진 오락 기기에 몰두해 아무것도 들리지도 보이지도 않는 듯했다. 완전한 집단 독백이었다.

"난 이쪽을 돌며 찾아볼 테니까 넌 저쪽에서 찾아봐. 한 바퀴 돌아보고 저기 카운터에서 만나."

지노가 출입구 반대쪽에 있는 카운터를 가리켰다.

유리는 게임방 안을 누비며 미니를 찾아보았다. 미니는 어디에도 보이지 않았다. 카운터를 향해 가는데 벽에 나 있는 커다란 철문이 보였다. 철문 위에는 '신상품 시연장'이라는 팻말이 붙어 있고, 붉은 글씨로 '관계자 외 출입 금지'라고 적혀 있었다. 문 앞에는 달팽이 모자를 쓰고 유니폼을 입은 사내 하나가 지키고 있었다.

"미니 있어?"

지노가 다가오며 물었다.

"아니."

유리가 고개를 저었다.

"혹시 저기 있는 건 아닐까?"

유리가 눈으로 신상품 시연장 쪽을 가리켰다.

"관계자 외 출입 금지라는데?"

둘은 어떻게 해야 할지 몰라 서로 얼굴만 마주 보았다.

"가 보자. 부딪쳐 보는 거지, 뭐."

지노가 결심이 섰는지 한쪽에 빵 봉지를 내려놓고 신상품 시연장 철문을 향해 다가갔다.

"저리 가라."

달팽이 모자를 쓴 직원이 '관계자 외 출입 금지' 글자를 가리키며 손짓을 했다.

"신상품이 어떤 건가 궁금해서 그래요. 한번 해 보고 싶어서……."

지노가 웃으며 달팽이 모자에게 말을 붙였다.

"시연하는 사람들은 정해져 있으니까 얼쩡거리지 말고 가."

달팽이 모자가 무뚝뚝한 얼굴로 말했다.

"문틈으로 잠깐 보는 것도 안 될까요?"

지노가 끈질기게 졸라 댔다. 달팽이 모자는 무표정하게 가라는 손짓만 되풀이했다.

그때 마침 문이 열리고 여자아이 둘이 나왔다. 달팽이 모자가 문을 닫으려는 순간, 지노가 문 안으로 한쪽 어깨를 집어넣었다.

"아저씨, 십 초만 볼게요. 저 여기 자주 온단 말이에요."

유리는 그사이 네눈박이 개 인형을 바닥에 내려놓았다. 네눈박이 개는 쏜살같이 열린 문틈을 통해 안으로 들어갔다.

"개! 개 잡아!"

달팽이 모자가 깜짝 놀라 소리치며 개를 쫓아 안으로 뛰어 들어갔다. 그 틈을 타 지노와 유리도 안으로 들어갔다.

문 안은 또 다른 게임방으로 실내 구조가 독특했다. 가운데에 어른 키만 한 육면체 대가 있고 그 대 위에 오락기가 있었다. 대의 세 방향에는 위로 올라가는 계단이 있고 대 한쪽 벽에는 문이 있어 안으로 들어갈 수 있었다. 문은 반쯤 열려 있었다.

네눈박이 개가 그 문 안으로 뛰어 들어가자 안에서 비명 소리가 들리더니 달팽이 모자 하나가 허겁지겁 나왔다.

"웬 개야! 빨리 잡아!"

안에서 나온 달팽이 모자가 소리쳤다. 달팽이 모자들이 급한 대로 빗자루, 대걸레 등을 찾아 들고 대 안으로 뛰어 들어갔다.

"대 안에 뭐가 있나 봐."

지노가 말했다.

"그보다 일단 미니부터 찾아보자."

유리가 계단을 따라 대 위로 올라갔다. 대 위에는 삼십여 대쯤 되는 오락 기기가 드문드문 놓여 있었다. 오락 기기는 한 사람이 들어갈 수 있는 크기의 달팽이 모양인데, 투명해서 안에 있는 사람이 보였다. 오락 기기를 이용하는 사람 모두 비행복처럼 보이는 옷을 입고 헬멧을 썼는데, 헬멧에는 여러 개의 파이프라인이 연결되어 있었다.

"누가 누군지 모르겠어."

지노가 고개를 흔들었다.

"입구에서 미니네가 나오나 지켜보자. 대 안은 야바달이 살펴보고 올 테니까."

유리가 다시 앞장서 계단을 내려갔다. 유리와 지노가 계단을 다 내려와 시연장 출입문 쪽으로 가는데 뒤에서 외치는 소리가 들렸다.

"누구냐? 거기 서!"

잡혔구나 하는 순간 덩치 좋은 달팽이 모자 하나가 앞을 막아섰다. 달팽이 모자는 양팔로 지노와 유리의 어깨를 단단히 잡았다.

"왜 이래요? 이거 놔요!"

지노가 소리치며 버둥거리는데 달팽이 모자가 씩 웃었다.

"빨리휘 나가휘."

유리와 지노는 가만히 달팽이 모자가 이끄는 대로 시연장 밖으로 나갔다.

"야바달, 놀랐잖아."

유리가 시연장을 빠져나오며 속삭였다.

"저 대 밑에 뭐가 있는지 봤어?"

지노가 물었다.

"그림자휘 미라휘."

"뭐? 그림자의 미라? 그럼 저 달팽이 모양 오락 기기가 그림자를 파는 장치……?"

유리가 지노를 돌아보았다.

"틀림없어. 내가 오락하는 척하면서 미니네가 나오나 지켜볼 테니까 유리 넌 망루에 가 봐."

지노가 게임방 한쪽에 놓아두었던 빵 봉지를 유리에게 넘겼다.

"알았어. 이따가 집으로 전화해."

유리가 말하고는 돌아서 게임방을 빠져나갔다.

귀도시로 가는 문

유리는 동문 시장 아치 쪽으로 가다가 포목점을 기웃거렸다. 혹시 포목점 아주머니가 계시나 해서였다.

"아이고, 유리구나. 그건 뭐냐? 웬걸 무겁게 들고 있어?"

포목점 아주머니가 반색을 하며 유리를 가게 안으로 끌어 들였다.

"안녕하세요? 망루에 빵 갖다 드리라고 해서요."

"엄마 심부름이구나. 착하기도 하지. 엄만?"

"오늘 신부님들하고 퓨처 컴퍼니 사람들 만난다고 가셨어요."

"단추 고양이, 아니 아빠가 빨리 나와서 우리 유리랑 놀아 주고 해야 할 텐데. 퓨처 컴퍼니인지 뭔지 바늘로 찔러도 피 한 방울 안 나올 놈들 같으니."

포목점 아주머니가 유리의 목에 걸린 단추 고양이 인형을 보며 쯧쯧 혀를 챴다.

"부모 자식은 하늘이 맺어 준 인연이어서 사람 힘으로 떼려야 뗄 수가 없는 건데……. 아빠와 딸이 서로 엎어지면 코 닿을 데 있으면서도 감쪽같이 몰랐으니, 원. 가만있어 보자. 나도 망루에 가볼 참이었으니까 누구한테 가게를 맡기고 같이 가자. 잠깐만 기다려라."

포목점 아주머니가 이르고는 가게를 나갔다. 유리는 새삼스럽게 목에 걸린 단추 고양이 인형을 만져 보았다. 유리는 포목점 아주머니가 아빠를 아주 당연하게 유리 곁에 있어야 할 사람처럼 말하는 것이 좀 당황스러웠다. 유리가 기억하는 한, 자신과 엄마의 삶에서 아빠가 차지할 수 있는 자리는 없었다. 유리의 등에 흉터를 남긴 사건을 제외하면 아빠에 대한 기억도 없었고, 엄마는 아빠 이야기를 하는 것 자체를 싫어했다. 유리에게 아빠는 여전히 알 수 없는 흑점 같은 존재였다. 유리는 단추 고양이를 계속 만지작거렸다. 마치 그것이 아빠에 대한 수수께끼를 풀어 주기라도 할 것처럼.

무너진 시장이 안개에 싸여 있는 모습은 을씨년스럽고 음산했다. 건물의 잔해와 굳게 닫힌 가게들의 문이 입이 되어 농밀한 안개를 내뿜고 있는 것만 같았다.

"도깨비라도 튀어나올 것 같구나. 네눈박이 개가 있어서 다행이다."

포목점 아주머니가 유리를 돌아보며 웃었다.

"근데 아주머니, 무슨 소리 안 들려요?"

유리는 동문 시장 아치를 지나고부터 왁자지껄한 소리를 듣고 있었다.

"무슨 소리? 안 들리는데?"

그때 누군가 유리의 어깨를 부딪고 지나갔다. 유리는 뒤를 돌아보았다. 웃통을 벗은 근육질 사내의 등이 안개 속으로 스며들듯 사라지고 있었다.

"여기 누군가 있어요."

유리가 포목점 아주머니 곁에 바짝 붙어 서는데 아주머니가 이상하다는 듯한 목소리로 중얼거렸다.

"웅? 난데없이 웬 장이람?"

말 그대로 유리와 포목점 아주머니는 옛날 시골 장 한가운데 서 있었다. 길 양옆으로 흰 광목 차일이 쳐져 있고, 물건들이 가득 쌓여 있었다. 사람들이 유리와 포목점 아주머니를 스치며 끊임없이 지나갔다.

"대낮에 헛것이 보이니 죽을 때가 되었나? 유리야, 너도 저것들이 보이냐?"

포목점 아주머니가 고개를 살래살래 흔들며 유리를 돌아보았다.

"예…… 보여요."

유리가 잔뜩 겁을 먹은 목소리로 대답했다.

"이상하네. 이런 때는 개를 따라가는 게 제일 좋아. 네눈박이 개는 귀신도 보는 개니까."

포목점 아주머니가 네눈박이 개를 가리키며 말했다.

'여왕을 위한 칼이 울지 않는 걸로 봐서 산카라의 짓은 아니야. 이것들은 도대체 어디서 온 거지?'

유리는 네눈박이 개를 쓰다듬으며 말했다.

"야바달, 망루로 가는 길을 찾아봐."

그러자 네눈박이 개의 흰 달걀 모양 반점이 빛을 내기 시작했다. 야바달은 천천히 앞으로 나아갔다. 그러다 대바구니며 나무 그릇을 파는 가게들의 차일이 늘어선 거리가 나오자 왼편으로 꺾어져 차일과 차일 사이의 좁은 샛길로 들어갔다. 유리와 포목점 아주머니도 따라 들어갔다. 몇 걸음 걷자 왁자지껄한 시골 장의 모습이 감쪽같이 사라졌다. 유리와 포목점 아주머니는 어느새 사슴 영감의 인형 가게 앞에 서 있었다.

"참 귀신이 곡할 노릇이군."

포목점 아주머니가 얼빠진 눈으로 중얼거렸다.

망루는 사슴 영감의 이 층짜리 가게 옥상 위에 가건물로 세 개층을 더 올린 형태로 지어져 있었다. 망루 옥상까지 올라가려면 다섯 층을 올라가야 했다.

"이 짐을 들고 저 많은 계단을 어떻게 올라간담?"

포목점 아주머니가 난감한 얼굴로 망루를 올려다보았다. 그러고는 핸드폰을 꺼내 누구에겐가 전화를 했다. 조금 지나자 곱슬머리와 시베리안이 나타났다.

"가게로 오라고 전화를 하시지 이렇게 손수 들고 오셨어요?"

곱슬머리가 포목점 아주머니에게서 짐을 받아 들었다. 김치와 밑반찬이 든 보따리였다.

"유리도 왔구나?"

시베리안이 알은체를 했다.

"엄마가 빵을 가져다 드리라고 해서요."

"마침 출출했는데 잘됐다."

시베리안이 환하게 웃으며 유리에게서 빵 봉지를 받아 들었다. 그러고는 포목점 아주머니를 부축해서 계단을 오르기 시작했다. 삼 층과 사 층은 창고로 쓰고 있었고, 오 층은 임시로 거주할 수 있게 꾸며져 있었다.

"사슴 할아버지는 어디 가셨어요?"

유리가 주변을 둘러보며 물었다. 스티로폼을 깔고 그 위에 비닐 장판을 깐 바닥은 그런대로 푹신했다. 한구석엔 담요와 베개가 쌓여 있고, 다른 쪽엔 가스버너와 냄비, 먹거리가 정돈되어 있었다.

"사슴 영감님은 망루 옥상에 계신다."

시베리안이 보따리를 임시 취사 시설이 있는 곳에 내려놓으며 말했다.

유리는 옥상으로 올라갔다. 옥상에는 의자 몇 개가 놓여 있는 게 전부였다. 사슴 영감은 사슴 인형을 발아래 내려놓고 난간에 기대어 아래를 내려다보고 있었다. 네눈박이 개가 웍 소리를 내며 사슴 영감에게 달려갔다.

"어허, 이놈아, 그만 좀 까불어라."

네눈박이 개가 달려들자 사슴 영감이 웃으며 개를 쓰다듬었다.

"할아버지, 뭐 보고 계세요?"

사슴 영감이 그제야 유리에게 눈을 돌리며 반색을 했다.

"유리로구나. 혹시 오다가 이상한 거 못 봤니?"

사슴 영감이 네눈박이 개를 진정시키며 물었다.

"봤어요. 안개 속에서 갑자기 옛날 시장이 나타났어요."

유리가 기다렸다는 듯 대답했다.

"역시 그랬구나. 시장 안에 낀 안개는 귀시장에서 뿜어져 올라온 거였어. 이제 때가 된 모양이다."

사슴 영감이 수수께끼 같은 말을 하며 고개를 끄덕였다. 귀시장이란 말에 유리의 눈이 반짝 빛났다.

"귀시장요? 그럼 아까 제가 본 게 귀시장이에요?"

"아니다. 귀시장은 까마득한 저 아래에 있지. 네가 본 건 신기루 같은 거야, 귀시장이 뿜어 올린 안개 속에 나타난."

사슴 영감은 잠시 말을 멈추더니, 유리 목에 걸린 단추 고양이를 물끄러미 바라보았다.

"네 아빠는 늘 고양이 인형만 만들었지. 그래서 왜 고양이 인형만 만드느냐고 했더니 딸 이야기를 하더라. 딸애가 아주 어릴 때 헤어졌는데 자기 대신 놀아 주기도 하고 지켜 주기도 하라고 고양이 한 마리를 구해 주고 왔다고. 그 딸이 너일 줄은 꿈에도 몰랐구나. 고양이 이름이 네오라고 했던가?"

"예."

"그럼 그 단추 고양이도 네오다. 네 아빠는 계속해서 네오의 인형을 만들고 있었던 거야."

아빠가 아빠 대신으로 네오를 두고 간 거라고? 정말일까? 유리는 어릴 때의 기억을 되살려 보려고 애썼다. 중절모를 쓴 키 큰 남자가 새끼 고양이를 건네는 모습이 고양이가 손등을 핥는 까끌까끌한 감촉과 함께 어렴풋이 기억나는 것도 같았다.

'사라졌던 기억이 갑자기 떠오를 리는 없고⋯⋯. 이건 어른들 이야기와 아빠 사진을 보고 만들어 낸 내 상상이겠지?'

유리는 고개를 갸웃거리며 기억을 더듬어 보았다. 문득 동문 시장에서 백원만 아저씨를 구급차로 빼낼 때 들것 앞쪽을 들고 있던 키 큰 아저씨가 떠올랐다.

'왜 그 아저씨가 떠오르는 걸까?'

"네 아빠는 카우보이처럼 중절모를 늘 쓰고 다녔지."

사슴 영감이 머리 위에 모자 쓰는 시늉을 해 보였다.

중절모? 그럼 아까 그 기억이 상상이 아닌 건가? 유리는 콧마루가 시큰했다. 막연하기만 했던 아빠가 갑자기 구체적인 모습을 띠고 우뚝 앞에 와 서는 것만 같았다. 아빠. 아빠를 찾고 싶으면 귀시장으로 오라고? 유리의 생각이 수현이가 보낸 쪽지에 미쳤다.

"수현이가 쪽지를 보냈어요."

유리가 주머니에서 쪽지를 꺼내 내밀었다.

"정말 때가 된 모양이로구나."

사슴 영감이 쪽지를 훑으며 고개를 끄덕였다.

"무슨 때가 되었다는 거예요?"

유리가 어리둥절하여 물었다.

"또 하나의 거대한 그림자가 태어난 고향으로 돌아가려고 한다. 자기의 고향인 신들의 시장에서 소멸하기 위해 돌아가는 거지."

사슴 영감의 말은 아무도 풀 수 없는 수수께끼 같았다.

"이야기하자면 무척 긴 이야기지."

사슴 영감이 유리의 생각을 읽기라도 한 듯 헛기침을 하고는 이야기를 시작했다.

까마득한 옛날 이 세상에 시장이 처음 생길 때의 이야기이다. 이 시장을 사람들은 신들의 시장이라고 불렀다. 신들의 시장은 지금의 시장과는 많이 달랐다. 사람들은 부족 마을의 동쪽에 화산의 분화구처럼 가운데가 움푹 팬 언덕을 만들었다. 그 언덕에는 거대한 신목(神木)들이 자라고 있고 동쪽 신목들 사이에는 누각이 있었다. 이곳이 신들의 시장이었다. 부족 사람들은 아침마다 그곳에 가서 떠오르는 태양에게 제사를 지냈다. 그리고 남는 물건을 부족한 물건과 바꾸기도 하고 남는 곡식 등을 누각 밑에 있는 신의 창고에 모아 두었다. 이 신의 창고에 쌓인 곡식 등은 고아나 과부, 병자 들을 위해 쓰이거나 가뭄 같은 천재지변이 닥쳤을 때 부족원들의 생존을 위해 쓰였다. 신들의 시장은 또한 부족 마을의 일을 논의하는 장소이기도 했고, 남녀가 맺어지는 축제의 장소이기도 했다.

그런데 부족장의 권력이 커지면서 부족장은 신의 창고를 자기 개인과 가족의 것으로 만들고 그 재물을 바탕으로 전쟁을 벌여 다른 부족을 정복하였다. 이 과정에서 부족들의 신의 창고가 약탈당했음은 물론이다. 왕이 된 부족장은 신들의 시장이 다시 힘을 갖지 못하도록 파괴하였다. 신목들은 베이고, 신의 창고는 불탔으며, 토론과 축제가 금지되었다. 그리하여 시장은 오늘날과 같이 물건을 사고파는 장소로 격하되었다.

그러나 신의 창고들이 약탈당할 때 신비한 힘을 가진 가장 귀한 보물은 미리 숨겨져 보존되었다고 한다. 이 세상에 신들의 시장을 유지시키는 성스러운 힘을 가진 보물이라고 전해지고 있지만 그것을 본 사람은 없다. 다만 그 보물이 돌고 돌아 푸른 마르인족 신들의 시장에 보관되었다고 전해질 뿐이다. 시장의 신들은 그 보물을 숨기고 보존하는 역할을 맡은 자이기도 하고 그림자에 사로잡힌 이들을 신들의 시장으로 유인하는 자이기도 하다. 순결한 푸른 마르인의 후예와 시장의 신 없이는 누구도 푸른 마르인족 신들의 시장에 이를 수 없다.

이 세상에서 큰 권력과 부를 거머쥐었음에도 공허감을 느끼는 자들은 늘 이 보물을 찾아 푸른 마르인족 신들의 시장을 찾아 헤매곤 했다. 이 보물이 그들의 부와 권력을 완성하여 공허감을 없애 주리라고 생각했기 때문이다. 하지만 푸른 마르인족 신들의 시장을 찾은 이들 대부분은 이 보물로 인해 파멸을 맞이했다. 이 보물은 그것이 무엇인지 아는 이도 없고 사실은 있는지 없는지조차 모른다. 그러나 이것을 찾는 자들에겐 벗어날 수 없는 치명적 유혹이다.

"때가 무르익었다. 힘든 여행이겠지만 귀시장으로 오라는 초대를 마다할 이유는 없지. 우리 네눈박이도 그렇게 생각하는 모양인데?"

사슴 영감이 빙긋 웃으며 꼬리를 흔들고 있는 네눈박이 개를 쓰다듬었다.

"그럼 귀시장이 신들의 시장이에요?"

유리가 고개를 갸웃거리며 물었다.

"아니다. 신들의 시장은 푸른 마르인족의 땅에 있지. 귀시장은 시장의 신들이 자주 드나드는 곳일 뿐이야. 산카라는 아마 귀시장에 신들의 시장으로 가는 통로가 있을 거라고 생각하는 모양이다. 지금쯤 귀시장에 있는 친구들이 산카라 때문에 무척 곤란해졌을 거다. 모른 척할 수 없지. 너에게도 중요한 일이 될 거야. 얼른 가 봐야겠다."

사슴 영감은 말을 마치고는 아래로 내려가는 계단을 향해 갔다.

"지금 가는 거예요?"

유리가 당황해서 사슴 영감을 쫓아갔다.

"그래, 쇠뿔도 단김에 빼랬다고 지금 가야지 또 언제 가겠니? 귀도시로 가는 문은 아무 때나 열리는 게 아니란다. 다음번 문이 열릴 때까지 기다리다간 너무 늦어."

사슴 영감이 계단참에서 유리를 돌아보며 말했다.

"귀도시는 '잃어버린 것들의 도시' 역으로 해서 가면 되는 거 아니에요?"

"그리로 간다고 귀도시에 마음대로 들어갈 수 있는 건 아니다. 시장의 신들이 드나드는 문은 따로 있어."

사슴 영감이 계단 아래로 내려가기 시작했다. 유리도 사슴 영감을 따라 계단을 내려갔다.

"그러지 않아도 교대하려던 참인데 마침 내려오시네요."

시베리안이 자리에서 일어나며 말했다.

"응, 피라미드 타워 쪽 샛길을 잘 지켜봐. 아까부터 그쪽에서 웅웅거리는 소리가 들려서 유심히 지켜보았는데 안개 사이로 고가 사다리차가 언뜻언뜻 보이더군. 기중기 같기도 하고. 무슨 소리나 불빛 같은 게 잡히는지 잘 살펴. 기중기가 시장 안으로 이동하면 비상 연락망으로 사람들을 모아야 할 거야."

사슴 영감이 시베리안에게 핸드폰을 넘기며 인수인계를 했다.

"예, 걱정 마시고 쉬세요."

시베리안은 말은 그렇게 했지만 긴장하는 눈치였다. 달팽이 모자들은 동문 시장 철거에 걸림돌이 되는 망루를 해체하려고 끊임없이 시도해 오고 있었다. 시베리안은 핸드폰을 받아 들고 망루 옥상으로 올라갔다.

"영감님, 이리 와서 뭐 좀 드세요. 유리 너도 이리 와."

포목점 아주머니가 상에 새 수저를 놓으면서 유리에게 손짓을 했다.

"으응, 됐네. 저놈들 움직임이 수상한데 나 같은 늙은이는 있어 봤자 도움도 안 되고……. 유리 데리고 어디 가 있지, 뭐. 이제 어린애는 여기 있으면 안 될 것 같아."

사슴 영감은 적당히 거절하고는 계단을 내려가기 시작했다.

사슴 영감은 일 층 가게 뒤쪽으로 가더니 나무 마룻바닥을 들어 올렸다. 그러자 지하층으로 내려가는 계단이 나왔다. 사슴 영감은 지하로 내려가 구석에 놓여 있는 호롱에 불을 붙였다.

유리는 입을 딱 벌리고 바닥을 내려다보았다. 지하층 가운데에 커다란 우물이 있었다. 우물 둘레는 화강암을 깎아 만들었는데 두 뼘 정도 높이로 턱을 이루고 있었다. 우물을 중심으로 길쭉길쭉한 화강암들이 방사상으로 바닥에 깔려 있었다. 오랜 세월 사람의 발길에 닳아 화강암의 모서리는 둥그스름했다.

우물 안에서는 초록에 가까운 푸른빛이 희미하게 비쳐 나오고 있었는데 시간이 지날수록 더 밝아졌다. 유리는 우물 안을 들여다보았다. 맑고 푸른 물이 출렁거리며 빛을 뿜어내고 있었다.

"여긴 옛날 시장 사람들이 쓰던 우물이야. 물도 마시고, 채소나 과일도 씻고, 더운 여름날에는 등목도 하고, 새벽부터 밤늦게까지 늘 왁자지껄했지. 그리고 때가 되면 귀도시로 가는 문이 되기도 한단다. 물이 저렇게 출렁이며 빛을 낼 때가 바로 그때지. 자, 내려가자. 미끄러울 테니 조심해야 한다."

사슴 영감이 주의를 주고는 우물 한쪽 벽에 마련된 화강암 계단을 따라 내려가기 시작했다.

"우물 속으로 들어가는 거예요?"

유리가 눈을 크게 뜨고 물었다.

"그래, 물속으로 들어가는 거지만 진짜 물속으로 들어가는 건 아니니까 걱정 마라. 따라와 보면 안다."

사슴 영감이 물속으로 발을 디뎠다. 사슴 영감의 모습이 점점 물속에 잠겨 사라지기 시작했다. 네눈박이 개도 컹 하고 짖더니 물속으로 들어갔다.

'이 우물도 누르 하탄의 자궁으로 통해 있는 건가?'

유리는 양면인 어른의 집 지하에 있던 우물과 그 우물 속에 잠들어 있던 어머니의 숲 여왕을 떠올렸다. 두렵지는 않았다.

유리는 화강암 계단에 발을 올려놓았다. 사슴 영감의 말대로 물속은 진짜 물이 아니었다. 물로 보였던 것은 투명한 젤리의 막 같은 것이었다. 우물 바닥에 내려와 올려다보니 물의 표면은 푸른 조명이 들어와 있는 유리 천장처럼 보였다.

"서두르자. 시간이 지나면 저 푸른 막은 다시 물이 되어 이 우물을 채우게 된다."

사슴 영감이 우물 한쪽 벽으로 다가가더니 주먹처럼 튀어나온 돌을 눌렀다. 그러자 돌문이 스르르 열렸다. 문 안쪽은 캄캄했다. 사슴 영감이 호롱불을 들고 문 안으로 들어섰다. 문 안쪽에서 바람이 불어 나와 호롱불이 흔들렸다. 유리는 네눈박이 개를 앞세우고 문 안으로 들어섰다. 문 안에도 아래로 내려가는 계단이 계속되었다.

뒤에서 돌문 닫히는 소리가 들리고 사방이 캄캄해졌다. 사슴 영감의 호롱불과 네눈박이 개의 하얀 달걀 무늬가 내는 빛은 희미했다.

"야바달, 배낭 안 좀 비춰 봐."

유리가 배낭을 내리며 네눈박이 개를 불렀다. 유리는 배낭 안을 뒤져 솔본 인형을 꺼내 들었다. 그러고는 "게겔 투야 도슈흔 돌리에오 무지개의 발." 하고 주문을 외웠다. 그러자 인형이 초록빛을 내더니 정신없이 주위를 왔다 갔다 했다. 잠시 후 초록 빛덩이는 계단에 내려앉았다.

"여기가 어디야?"

솔본은 본래 크기로 커져 있었다.

"귀도시로 가는 통로야."

"귀도시? 하하, 그랬군. 결국 결정을 했구나. 재미있겠는데?"

솔본의 초록 불빛이 날아오르더니 앞쪽을 분주하게 돌아다니기 시작했다. 유리는 솔본과 야바달의 불빛을 따라 내려가기 시작했다.

길은 나선계단으로 굽어 있어 가물가물 멀리 보이던 사슴 영감의 호롱불이 모퉁이 너머로 사라졌다.

"빨리 가자. 할아버지 놓치겠어."

유리는 걸음을 빨리했다. 조금 지나자 사슴 영감의 호롱불이 앞쪽에 나타났다. 나선형 통로는 점점 좁아지며 가팔라졌다. 사슴 영감의 호롱불이 나타났다가는 금방 사라지기를 수도 없이 반복했다. 얼마를 더 내려갔을까, 앞쪽이 희미하게 밝아 오기 시작했다. 계단의 마지막 모퉁이를 돌아서자 위쪽에 감시구가 붙은 커다란 나무 문이 보였다. 사슴 영감은 그 문 앞에 서 있었다.

"어—이, 줄광대!"

사슴 영감이 나무 문을 쾅쾅 두드리며 누군가를 불렀다. 그러나 문 안쪽에서는 아무 대답이 없었다.

"이상하군. 줄광대가 일찍부터 기다리고 있었을 텐데?"

사슴 영감이 다시 문을 두드렸다.

"어—이, 줄광대!"

그러자 누군가 신발을 끌며 조심스럽게 다가오는 소리가 들렸다.

"이상하군. 줄광대는 시끌벅적한 친군데?"

사슴 영감이 고개를 갸웃거렸다. 빗장 여는 소리가 들리고 문이 열렸다. 유리 또래의 여자아이가 웃으며 일행을 맞이했다. 웃음이라고 하기에는 좀 슬퍼 보이기도 하고 억지스러워 보이기도 하는 미소였다. 그렇지만 양쪽 볼에 팬 볼우물이 예뻤다.

"넌 누구냐, 못 보던 아인데? 줄광대는 어디 가고?"

사슴 영감이 말하며 문 안으로 들어서는데 갑자기 덩치가 산만하고 인상이 험악한 자 대여섯이 사슴 영감과 유리를 우르르 둘러쌌다. 솔본과 네눈박이 개가 달려들었지만 덩치들을 뚫고 사슴 영감과 유리를 구하기에는 역부족이었다.

덩치들은 덥수룩하게 수염이 난 데다가 얼굴 여기저기에 송충이가 붙은 것처럼 칼자국이 나 있었고 하나같이 목을 빙 둘러 흉터가 있었다.

면담

신부들은 열한 시 십 분이 지나도록 나타나지 않고 있었다.

"퓨처 컴퍼니 사람들 만나기로 한 게 열한 시라고 하지 않았나요? 십 분이 지났는데 신부님들이 아직 안 오시네요."

매부리코가 초조한 표정으로 닥터 박을 건너다보았다.

"곧 온다고 전화 왔으니까 기다려 보지요."

닥터 박이 힐끔 시계를 보았다.

열한 시 십오 분이 되어서야 미카엘 신부 혼자 모습을 나타냈다.

"아니, 왜 혼자 오세요? 무슨 일이 있나요?"

유인서 선생이 의아한 표정으로 신부를 보았다.

"그게, 퓨처 컴퍼니 쪽 이야기가 달라졌어요."

미카엘 신부가 난처한 표정으로 말을 꺼냈다.

"무슨 말씀이세요?"

매부리코가 인상을 찌푸렸다.

"퓨처 컴퍼니 간부들과의 면담이나 퓨처 컴퍼니에 수용된 노숙자분들을 직접 면담하는 것은 허용을 하겠답니다. 하지만 면담할 수 있는 우리 쪽 대상을 나이 드신 신부님들과 젊은 신부 한 분, 닥터 박 선생님만으로 한정하겠다는군요."

"그건 약속과 다르잖습니까? 어떻게 하룻밤 사이에 이야기가 달라진 거죠?"

타조 청년이 항의하는 듯한 눈으로 신부를 쏘아보았다.

"퓨처 컴퍼니가 알음알음으로 나이 드신 신부님들을 만나 설득을 한 것 같아요. 여기 계시는 분들과 젊은 신부들은 퓨처 컴퍼니에 대해 편견을 가지고 있으니 곤란하다고 한 모양입니다. 저희 젊은 신부들이 나름대로 항의도 하고 설득도 해 보았습니다만 소용이 없었습니다. 그나마 젊은 신부 한 분하고 닥터 박 선생님만이라도 들어가게 된 게 다행입니다."

"그래도 당사자인 가족을 빼놓는 건 이해가 안 되는데요? 저도 따라가겠습니다."

조용히 듣고만 있던 이한나 씨가 강한 어조로 말했다.

"말씀을 듣고 보니 그러네요. 어떻게 되든 면담 장소로 일단 가 보시죠. 열한 시 삼십 분에 피라미드 타워 일 층 로비에서 만나기로 했으니까 지금 가 보셔야 할 겁니다."

미카엘 신부가 손목시계를 들어 보였다.

"신부님은 안 가시나요?"

닥터 박이 일어서며 미카엘 신부를 보았다.

"다른 신부님이 가기로 했어요. 요셉 신부님이 로비에서 기다리고 있을 겁니다."

"그럼 이거 좀 한번 보세요."

닥터 박이 타조 청년에게서 받은 복사 문건을 신부에게 넘기고는 이한나 씨와 함께 커피숍을 나갔다.

이한나 씨는 피라미드 빌딩 로비까지 따라갔지만 허사였다. 신부들이 가족도 포함해야 한다고 주장하고 이한나 씨도 밀어붙였지만 퓨처 컴퍼니의 입장은 완강했다. 이한나 씨는 하는 수 없이 커피숍으로 다시 발길을 돌렸다. 유리 아빠를 만날 수도 있겠다는 일말의 기대가 무너지자 마음이 더 초조해졌다.

'내가 왜 유리에게 남자아이 옷을 입혔던 거지? 그걸 알고 있을 사람은 유리 아빠뿐인데……'

이 생각이 손 닿을 수 없는 등 어딘가에 생겨 점점 더 심해지는 가려움처럼 이한나 씨를 괴롭혔다. 이한나 씨는 그걸 알아내지 않으면 자기의 삶뿐만 아니라 유리와 주위에 있는 사람들의 삶까지 다 무너져 버릴 것 같은 터무니없는 느낌에 시달렸다.

그렇게 터무니없는 느낌에 시달리기 시작한 건 유리가 썼던 작문에 생각이 미치고부터였다. '나쁜 엄마와 좋은 엄마, 나쁜 유리와 좋은 유리로 나누어 보는' 유리의 버릇이 어쩌면 유리에게 억지로 남자아이 옷을 입힌 데서 비롯된 것일 수도 있겠다고 생각하니 이한나 씨는 가슴이 터져 버릴 것 같았다. 왜 그랬던 건지 알아내지 못하면 자기 삶이 계속되기 어려울 것만 같은 절박한 심정이었다.

닥터 박은 신부들과 함께 회의실로 안내를 받았다. 일행이 원탁에 자리를 잡고 앉자 직원이 차를 내왔다. 조금 있자 사십 대 후반의 사내가 비서로 보이는 젊은 직원과 함께 들어왔다.

"처음 뵙겠습니다. 의료 복지 사업부 캡틴입니다."

사내는 신부들과 닥터 박에게 일일이 악수를 청했다.

"오늘 저희가 여러분의 제안에 응한 것은 퓨처 컴퍼니에 대한 오해를 말끔히 풀었으면 해서입니다."

캡틴이 자리에 앉으며 말문을 열었다.

"퓨처 컴퍼니에 대한 오해와 악성 루머가 걷잡을 수 없이 퍼져 나가고 있다는 건 여러분도 잘 아실 겁니다. 어떻게 해야 할지 저희 내부에서 고민도 많고 논의도 많았습니다. 그 결과 모든 걸 투명하게 밝히는 게 좋겠다고 결론을 내렸습니다. 특히 여기 계시는 분들같이 사회적으로 신뢰받는 분들을 통해 모든 게 투명하게 밝혀지는 게 바람직하다는 의견이 많았죠. 오늘 여기서 이야기되는 것, 보고 듣는 것은 여러분에게만이 아니라 모든 시민에게 공개될 것입니다. 이 팀장, 기자분들 들어오시게 해요."

캡틴이 능숙하게 이야기를 풀어 가며 비서에게 지시를 했다. 비서가 총총걸음으로 회의장 뒤쪽으로 가 문을 열자 기자들이 몰려

들어왔다. TV 카메라도 보였다.

"신부님, 대체 무슨 꿍꿍이일까요? 나서서 기자까지 부르고?"

닥터 박이 요셉 신부 쪽으로 고개를 기울이며 속삭였다.

"퓨처 컴퍼니가 진정성을 가지고 우리를 만나리라고 기대한 건 아니지만, 잘못하면 퓨처 컴퍼니 선전에 이용만 당하는 꼴이겠어요. 차라리 이쯤에서 퇴장하는 건 어떨까요?"

요셉 신부가 심각한 목소리로 말했다.

"나이 드신 신부님들까지 다 퇴장한다면 모를까 우리만 나간다면 오히려 퓨처 컴퍼니를 도와주는 결과가 될 겁니다. 좀 두고 보지요. 우리에게도 받아칠 카드가 없는 건 아니니까요."

닥터 박이 캡틴 쪽을 힐끗 보며 말했다. 캡틴은 귓속말을 주고받는 닥터 박과 요셉 신부를 보며 회심의 미소를 지었다.

"자, 이제 저희 퓨처 컴퍼니에서 시험적으로 운용하는 노숙자 재활 복지 프로그램을 동영상으로 보여 드릴 예정입니다. 그 전에 여기 참석하신 신부님들과 의사 선생님께서 질문하실 게 있다면 받도록 하겠습니다. 기자분들께는 나중에 질문할 기회를 드릴 테니 지금은 질문을 삼가 주시기 바랍니다."

캡틴이 신부들과 닥터 박을 둘러보았다. 닥터 박은 미간을 찌푸렸다. 각본이 잘 짜인 토크쇼에 갑자기 불려 나온 게스트가 된 것 같아 언짢았다. 닥터 박은 억지로 입을 열었다.

"퓨처 컴퍼니에서 개발한 의료 신기술에 대한 질문입니다. 동양에서 말하는 기와 유사한 무의식적 에너지를 이식하는 기술이라고 알고 있는데 맞습니까?"

"예, 비유적으로 말한다면 그렇게 말할 수도 있겠습니다."

"그 이식 기술이 과도한 수준에서 이루어진다면 에너지를 제공하는 사람이 식물인간 비슷한 상태에 빠질 수도 있지 않겠습니까? 설사 그렇게까지 되지는 않더라도 에너지를 제공하는 사람과 제공받는 사람의 수명을 변화시킬 수도 있지 않겠습니까? 이건 인간이 신의 영역을 건드리는 것이기 때문에 심각한 윤리적 문제까지 일으킬 수 있다고 봅니다. 더구나 에너지를 제공하는 게 제공자의 선의에 의해서가 아니라 돈거래에 의한 거라면 심각한 사회문제가 될 수도 있습니다."

"과도하다면 그럴 수도 있겠지요. 저희 퓨처 컴퍼니에서도 그러한 사회윤리적 문제를 잘 알고 있습니다. 그래서 그 의료 신기술은 제가 아는 한에서는 시행하고 있지 않습니다."

"저희가 기자회견을 통해 밝힌 백원만 씨 경우는 어떻습니까? 백원만 씨는 퓨처 컴퍼니에서 보호하고 있었고, 식물인간과 비슷한 상태에 빠진 채 길거리에서 발견되었는데요."

"예, 백원만 씨는 저희 퓨처 컴퍼니의 재활 복지 프로그램에 참여하고 있던 게 사실입니다. 불행하게도 의료사고를 당해 정상적인 인지 기능을 잃고 병원을 빠져나갔습니다. 저희가 의료 조치를 하려고 찾고 있는 중입니다. 혹시 성 베드로 병원에서 보호하고 계시면 돌려보내 주시기 바랍니다."

기자들 사이에서 웃음이 터져 나왔다.

"예, 한때 길거리에서 발견된 백원만 씨가 성 베드로 병원에 입원해 있던 건 사실입니다. 그때 백원만 씨 환자복에서 나온 의료 기록을 검토했는데 앞에서 말한 퓨처 컴퍼니의 의료 신기술에 대한 것이더군요. 백원만 씨의 경우 충분히 앞에서 말한 신기술의 무리한 실험 결과로 추정할 수 있다고 보는데 어떻게 생각하십니까?"

"추정이야 여러 가지로 할 수 있겠지요. 하지만 백원만 씨는 신기술과 상관없는 의료사고로 그리된 겁니다. 백원만 씨는 무단으로 약을 훔쳐 먹는 버릇이 있었어요. 아무 약이나 과다하게 복용한 결과로 그렇게 된 겁니다. 앞에서 말한 의료 신기술은 아직 이론에 불과합니다. 제가 아는 한 퓨처 컴퍼니에서는 그 의료 신기술을 사용한 적이 없습니다."

캡틴의 말에 닥터 박은 가슴에서 울컥 뜨거운 것이 솟구쳐 올랐다.

"우리가 확보하고 있는 게 백원만 씨에 대한 자료뿐인 줄 아시는 모양입니다? 그 말씀 확실한 거죠? 나중에 말 바꾸지 마십시오."

닥터 박은 기가 막히기도 하고 허탈하기도 해서 허허 웃었다.

지노는 게임을 하며 신상품 시연장을 흘깃거렸다. 시연장에 신경을 쓰느라 레벨을 올리는 데 계속 실패하고 있었다. 띠리리링 소리가 나며 게임 오버 화면이 떴다.

"어이 씨, 이러다 미래교육카드 포인트만 다 날리겠어."

지노는 게임을 포기했다. 다른 아이들이 하는 게임을 어깨너머로 구경이나 하려는데 마침 신상품 시연장 문이 열리며 미니가 친구들과 나오는 게 보였다. 모두 힘이 없어 보였는데 미니가 더욱 심해 보였다.

지노는 거리를 두고 미니네를 쫓아갔다. 미니네는 마트 앞에서 각자 흩어졌다. 미니와 다른 한 명은 마트 앞 건널목을 건너서 헤어졌다. 미니는 작은 빵집이 있는 동문로 5가 역 쪽으로 향했다. 지노는 유리가 간 동문 시장으로 갈까 하다가 마음을 고쳐먹고 미니 뒤를 따라갔다. 미니가 몹시 위태로워 보여서 모른 체 발길을 돌리기가 어려웠다.

미니는 흐느적거리며 동문로 5가 역 쪽으로 가다가 택시 정류장 벤치에 털썩 주저앉았다. 지노는 이쯤에서 아는 척을 해야 하나 말아야 하나 망설였다. 그런데 미니의 상체가 비스듬히 옆으로 기울어지더니 벤치 위에 미끄러지듯 쓰러졌다.

"미니야!"

지노가 얼른 달려가 미니를 바로 세우며 어깨를 흔들었다.

"괜찮아……."

미니는 지노의 손을 뿌리치려 했지만 시늉뿐이었다.

"괜찮기는?"

지노는 핸드폰을 꺼내 작은 빵집으로 전화를 했다. 예상은 했지만 아무도 전화를 받지 않았다.

"어떡하지?"

지노는 잠시 궁리를 하다 유인서 선생에게 전화를 했다.

"유리 어머님, 저랑 가게에 좀 가셔야겠는데요."

유인서 선생이 전화를 끊으며 말했다.

"가게에는 왜요?"

이한나 씨가 의아한 표정으로 유인서 선생을 올려다보았다.

"지노한테서 전화가 왔는데 우리 반의 미니란 애가 가게 근처에서 쓰러졌답니다. 횡설수설하는데 무슨 얘기를 하는 건지 도무지 모르겠어요."

유인서 선생의 얼굴은 매우 어두웠다.

"미니요? 미니란 애 어제 우리 집에 왔었는데? 그 문서를 준 애가 미니예요."

이한나 씨가 말하며 타조 청년을 돌아보았다. 유인서 선생은 벌써 나갈 채비를 하고 있었다.

"어차피 신부님들하고 닥터 박 오려면 시간이 걸릴 겁니다. 여기서 기다리는 건 저하고 미카엘 신부님이 할 테니 얼른 가 보세요. 연락드릴게요."

매부리코가 말했다.

이한나 씨와 타조 청년, 유인서 선생은 커피숍을 나와 작은 빵집으로 향했다. 작은 빵집 가까이 이르자 문 앞에 쪼그리고 앉아있는 아이들이 보였다.

"미니야!"

유인서 선생이 달려갔다.

"미니가 정신을 아주 잃었어요. 조금 전까진 말도 조금 하고 그랬는데."

지노가 앉은 채로 울상을 지었다. 미니의 머리는 지노의 어깨 위로 완전히 꺾여 있었다.

"방에 눕혀야겠어요."

유인서 선생이 미니를 안고 이한나 씨가 열어 놓은 가게 안으로 들어갔다. 유인서 선생은 방으로 들어가 이불 위에 미니를 눕혔다. 그리고 미니의 머리를 짚어 보고 눈꺼풀을 열어 눈동자를 살폈다.

"다행이구나. 정신을 잃은 게 아니라 잠이 든 거 같아. 몹시 피곤했던 모양이다. 푹 자게 놔두고 밖으로 나가자."

유인서 선생이 지노를 돌아보며 말했다.

"무슨 일이 있었던 거냐?"

가게로 나오자마자 유인서 선생이 지노에게 물었다. 지노는 어디서부터 설명해야 할지 몰라 망설였다. 유인서 선생의 눈길이 지노를 재촉했다.

"그림자를 판 거예요. 매혈족은 그림자를 팔아요. 제가 유리랑……."

지노가 횡설수설했다.

"매혈족? 매혈족이 뭐냐? 서두르지 말고 차근차근 얘기해 봐."

유인서 선생이 손짓으로 지노의 이야기를 중단시켰다.

지노는 이야기를 처음부터 시작했다. 미래교육카드를 받고 시험을 치르며 점차 아이들이 귀족, 매혈족, 아나고족으로 나뉜 얘기, 매혈족이 그림자를 판다는 소문, 미니를 미행해서 새로 생긴 대형 마트에 갔던 일, 거기 게임방에서 보았던 것들, 신상품 시연장의 달팽이 모양 기기, 그리고 대 안에 감추어져 있는 그림자의 미라, 미니가 탈진해서 쓰러진 일.

"막연히 짐작은 했지만……."

지노의 말이 끝나자 이한나 씨가 작게 한숨을 쉬었다.

"한 달 만에 어떻게 그런 일이 벌어질 수 있는지 믿을 수가 없네요. 지노 말로 하면 매혈족이 큰일이에요. 이대로 두면 몸도 마음도 다 망가져 버리겠어요."

유인서 선생이 고개를 흔들었다.

"게임방에 그림자의 미라가 있다면 거기서 아이들의 그림자를 사고파는 게 맞아요. 전에 제가 말씀드렸잖아요. 유령 열차로 알 수 없는 지하철역에 갔을 때 달팽이 모자들이 그림자의 미라를 운반하고 있었다고요. 그림자의 미라가 퓨처 컴퍼니의 의료 신기술과 관련이 있는 거예요. 그러니까 그 게임방에 그림자의 미라가 있다는 건 그 의료 신기술을 아이들에게 써먹고 있다는 얘기죠. 미래교육카드 포인트를 미끼로요. 그렇다면 중대한 범죄행위 아닌가요? 가만히 앉아 있을 때가 아니에요."

타조 청년이 당장 뛰쳐나가기라도 할 듯 자리에서 벌떡 일어섰다.

"믿고 싶진 않지만 충분히 그럴 수도 있겠어. 정말 그렇다면 틀림없는 중대 범죄행위지. 하지만 그런 만큼 닥터 박의 말대로 신중할 필요가 있어. 미니가 깨어나면 미니 말을 들어 보고, 닥터 박에게 미니의 증상이 백원만 씨 증상과 유사한지 확인도 해야 하고, 그 그림자의 미라가 거기 실제로 있다면 사진이라도 찍어야지."

유인서 선생이 타조 청년을 진정시키려는 듯 말했다.

"아이들 몸과 마음이 망가져 가고 있는데 퓨처 컴퍼니가 두려워 시간을 끌자는 건가요? 이쯤 되면 인터넷이나 트위터를 통해 의혹을 알려도 되잖아요?"

타조 청년이 거칠게 말했다.

"시간을 끌자는 건 아니야. 하지만 의혹에도 근거가 있어야 하니까 확실한 증거를 최대한 확보하자는 거지. 우선 그 신상품 오락 기기하고 그림자의 미라 사진이라도 있어야 할 것 같아……."

유인서 선생은 손으로 턱을 받치고 무언가 궁리를 하는 눈치였다.

"어머니들을 부르지그래요. 그런 일에는 어머니들이 제일 무섭게 나서죠."

이한나 씨가 끼어들었다.

"그게 좋겠군요. 이런, 경황이 없어서 미니네 집에는 아직 연락도 안 했네요."

유인서 선생이 핸드폰을 꺼냈다.

죽은 자들

유리와 사슴 영감은 목에 긴 흉터가 난 덩치들에게 끌려 밖으로 나갔다. 밖은 절벽의 중간을 파서 만든 긴 통로였다. 유리는 붙잡혀 있다는 것도 잊어버리고 주위를 두리번거렸다.

까마득한 낭떠러지 아래는 작은 배들이 오가는 운하였고, 그 운하를 가운데 두고 거대한 절벽이 마주 보고 있었다. 절벽은 긴 통로와 굴집의 문으로 가득 차 있었다. 통로가 구불구불하고 굴집의 문들이 제멋대로여서 불규칙하다는 걸 빼면 마치 고층 아파트를 보는 것 같았다. 유리는 절벽의 중간층 통로에 서서 건너편 고층 아파트를 바라보고 있는 셈이었다.

건너편 절벽과 유리가 서 있는 절벽의 통로들 사이에는 간간이 줄다리가 놓여 있고 거미줄처럼 깔린 수많은 외줄이 이어져 있었다. 유리는 외줄이 어디에 쓰이는지 몹시 궁금했다. 그 궁금증은 금방 풀렸다. 갑자기 양쪽 절벽에서 날렵한 체형의 사람들이 외줄로 뛰어내리더니 균형을 잡고 유리 쪽으로 다가왔다. 줄광대들이었다.

유리와 사슴 영감을 잡고 있는 덩치들이 바짝 긴장했다. 줄광대들은 줄의 반동을 이용해 점점 높이 뛰어오르더니 어느 순간 유리를 잡고 있는 덩치들 쪽으로 날아왔다. 줄광대들의 발 차기는 집요하게 덩치들의 목에 난 긴 흉터를 겨냥하고 있었다. 줄광대들은 번갈아 날아들며 덩치들을 발로 차고는 줄 위로 돌아가곤 했다. 목을 정통으로 맞은 덩치들이 하나둘 쓰러졌다. 그러자 유리를 붙들고 있던 덩치가 까마득한 운하로 내던지기라도 할 듯 유리를 번쩍 들어 올렸다. 그 순간 덩치의 목에 초록빛이 번쩍하더니 덩치가 맥없이 쓰러졌다. 솔본이 언뜻 눈에 들어왔다.

누군가 바닥으로 떨어져 내리는 유리를 받아 안았다. 줄광대 중하나였다.

"네 이놈들, 감히 줄광대의 마을에 와서 줄광대의 손님을 납치해 가려 하다니 장난치고는 너무 심하구나!"

줄광대들의 대장으로 보이는 자가 호통을 쳤다.

"저자들을 데려가지 않으면 저희는 흑여래 님한테 죽습니다."

덩치들이 슬금슬금 일어나 유리와 사슴 영감을 힐끗거리며 말했다.

"이미 한 번 죽은 놈들이 죽는 게 그렇게 무섭더냐? 흑여래한테 줄광대가 손님들 모시고 찾아간다고 전해라. 썩 꺼져!"

"줄광대님, 감사합니다. 안 오시면 저희는 죽습니다. 꼭 오셔야 합니다."

덩치들이 연신 허리를 굽실거리며 멀어져 갔다.

"잠깐 집을 비운 사이에 이런 일이 벌어지다니……. 실례가 많았습니다. 흑여래와 '죽은 자'들이 시장의 신께 이런 무례를 범하리라곤 생각도 못 했습니다. 아무래도 흑여래가 그림자들과 무슨 거래를 한 것 같습니다. 그런데 저 아이는?"

줄광대가 말하다 말고 좀 떨어져 있는 유리를 보며 물었다.

"푸른 마르인의 후예지."

사슴 영감이 대답했다. 유리는 난간에 기대어 절벽 건너를 바라보다가 제 이름이 불리자 뒤를 돌아보았다.

"그렇군요."

줄광대가 고개를 끄덕이며 유리에게 다가가 어깨에 손을 얹었다. 헐렁한 바지저고리를 입은 줄광대의 가슴께가 좀 열려 있었다. 땀 냄새가 풍겼다.

"이곳은 사당패의 구역이란다. 옛날엔 사당패들이 사람 취급을 못 받았지. 그래서 이런저런 사연 때문에 죽을 고비를 넘긴 사당패들이 하나둘 여기에 와 살게 되었단다. 자, 들어가자. 들어가시지요."

줄광대가 웃으며 유리와 사슴 영감, 솔본을 집 안으로 안내했다.

아까 줄광대의 집 문을 열어 주었던 여자아이가 유리 일행 앞에 차를 가져다 놓았다.

"흑여래가 누구예요?"

유리가 차를 한 모금 마시고 줄광대에게 물었다.

"명의 중의 명의다. 옛날에 왕의 의사였는데 모함을 받아 왕아 내린 사약을 먹고 죽었지. 그런데 그의 제자가 그가 가르쳐 준 의술로 살려 냈어. 그 뒤에 그는 사형장에서 목이 잘린 사람들의 목을 다시 붙여 살리는 일을 했고, 그렇게 살린 자들과 이곳으로 왔지. 우리는 그자들을 '죽은 자'라고 부른다. 이 귀도시에서는 우리 사당패와 맞먹는 힘을 가지고 있어. 죽은 자들은 일정 기간이 지나면 반드시 흑여래에게서 약을 받아먹어야 해. 그러지 않으면 죽어. 그는 자기 말에 조금이라도 어긋나는 자에게는 약을 주지 않아. 그래서 그에게 검은 약사여래라는 별명이 붙었지. 죽은 자들은 그에게서 약을 타기 위해 필사적이야. 그의 말에 절대복종하지."

"흠."

사슴 영감은 생각에 잠긴 눈치였다.

"흑여래는 철저하게 자기에게 손해가 되는가 이익이 되는가에 따라 움직입니다. 그에게 데려간다고 이야기는 했지만 반드시 가야 하는 건 아닙니다."

"아닐세. 그가 우리를 납치하려 한 데는 분명히 무슨 뜻이 있지 않겠나. 게다가 그림자 탑으로 가려면 거길 지나야 하니, 가서 알아보세."

사슴 영감이 대답했다.

"하긴 흑여래가 방해를 하면 귀도시에서 아무것도 할 수가 없으니…… 하여튼 부딪쳐 보지요."

줄광대가 자리에서 일어섰다.

"흑여래의 지역에 가려면 배를 타고 가야 합니다. 걸어서 내려가면 시간이 너무 많이 걸릴 테니 저희가 가는 방법대로 가야 할 것 같은데……."

줄광대가 유리와 사슴 영감을 돌아보았다.

"그럼 저 외줄에서 뛰어내려……."

유리의 얼굴이 하얗게 질렸다.

"줄광대들은 못해도 이삼백 년 동안 줄을 탄 사람들이다. 걱정 마라."

사슴 영감이 웃으며 유리를 안심시켰다.

"그래, 우리한테는 줄을 타는 게 땅 위를 걷는 것보다 자연스럽고 편하단다."

줄광대가 말하고는 휘파람을 길게 불었다. 그러자 여자 둘이 줄을 타고 맞은편 절벽에서 건너왔다. 먼저 줄광대가 사슴 영감을 안고 줄에서 줄로 뛰어내리기 시작했다. 그 뒤를 솔본의 초록 불꽃이 따라갔다. 여자 하나가 네눈박이 개를 안자 이어서 다른 여자가 유리를 번쩍 안고서는 줄 위로 뛰어내렸다. 유리는 번지점프와 바이킹을 한꺼번에 맛보는 기분이었다. 까마득히 떨어져 내리다가 거꾸로 솟구치기를 여러 번 반복하고 나서야 유리는 운하의 선창가에 내려졌다. 유리는 제자리에 잠시 쪼그리고 앉았다. 어지럼증이 가시고 고개를 드니 절벽 꼭대기가 까마득히 올려다보였다. 절벽과 절벽 사이에 외줄이 수도 없이 매달려 있었다. 유리와 네눈박이 개를 데려다 준 여자 둘이 출렁출렁 줄의 반동을 이용하여 올라가고 있는 게 보였다.

선창가에는 굵은 대나무를 여러 겹 겹쳐 엮은 나룻배들이 머무르고 있었다. 일행은 줄광대를 따라 나룻배 하나에 올라탔다. 줄광대는 뱃사공과 배 뒤쪽에 서서 장대로 배를 밀었다. 바람이 불자 줄광대의 머리칼이 날리며 뒷목의 흉터가 드러났다. 나룻배가 빠른 속도로 물살을 갈랐다. 얼마 지나지 않아 나룻배는 절벽과 절벽 사이의 좁은 운하를 빠져나가 폭이 넓은 강에 이르렀다. 앞쪽에는 드넓은 옥토가 펼쳐져 있었다. 잘 정리된 논과 밭, 하얀 배꽃이 한창인 과수원, 군데군데 자리 잡은 농가들이 평화로워 보였다.

"옛날이야기에서 전쟁을 피해 강을 따라 깊은 골짜기로 들어간 사람들이 별천지를 이루고 살았다는 곳이 바로 저기란다. 옛날 시인들의 시에도 나오지."

사슴 영감이 앞쪽을 가리키며 말했다.

"저기는 귀도시란 이름과는 너무 안 어울려요."

유리가 멀리까지 내다보려는 듯 일어서서 그쪽을 기웃거렸다.

"죽지도 살지도 않은 사람들이 모여 살아서 귀도시일 뿐이지, 사람 사는 곳은 어디나 비슷한 거란다."

"할아버지, 줄광대 아저씨 뒷목에 흉터가 있던데 뭐예요?"

유리가 다시 쪼그리고 앉아 귓속말로 물었다. 사공과 줄광대는 이제 장대를 배 옆에 눕혀 놓고 노를 저었다. 나룻배는 강물을 거슬러 천천히 올라가고 있었다.

"여기 와서 사는 자들치고 사연 없는 자가 있겠느냐마는 아주 안타까운 사연이 있지."

유리가 눈을 반짝이며 사슴 영감에게 다가앉았다.

"우리 유리가 그런 비밀스러운 이야기에 귀가 솔깃하는 걸 보니 이제 크려나 보다."

사슴 영감이 빙긋 웃으며 말을 이었다.

"아주 옛날 일이지. 줄광대가 사당패를 따라 어느 마을에 들어 갔다가 구경하러 나온 양반집 규수와 눈이 맞아 몰래 사랑을 했단다. 사당패는 천민이어서 양반집 여자와 사랑을 하는 건 맞아 죽을 일이었지. 줄광대는 여자의 부모가 보낸 칼잡이에게 칼을 맞았단다. 그러고는 길섶에 버려졌는데 지나가던 의원이 발견해 기적적으로 목숨을 구했지. 살아나자마자 그 처녀를 찾아보았는데 이미 목을 매어 죽었더란다. 그래서 줄광대는 세상을 버리고 여기로 들어왔지."

줄광대의 사연에 유리는 콧마루가 시큰했다.

"갑자기 웬 안개야?"

뱃사공이 중얼거리는 소리가 들렸다. 강 앞쪽에서 짙은 안개가 스멀스멀 피어오르고 있었다. 거대한 촉수처럼 꿈틀거리며 다가오는 안개. 유리는 오싹한 한기를 느꼈다.

"산카라의 안개야!"

유리가 소리치는 순간 물속에서 시커먼 악어용의 머리가 튀어
나왔다.

"산카라의 악어용이 어떻게 여기까지 따라온 거야?"

외침과 함께 솔본의 화살이 초록빛 선을 그으며 악어용을 향해
날아갔다. 하지만 솔본의 석궁만으로는 어림없었다. 악어용의 머
리는 잠시 멈칫했을 뿐 나룻배를 향해 서서히 다가왔다.

"안 되겠군."

사슴 영감이 늘 가지고 다니던 사슴 인형을 바닥에 내려놓으며
무어라고 외었다. 그러자 사슴 인형이 진짜 사슴으로 변해 발굽을
굴렀다. 그리고 두 뿔 사이에서 붉은 불덩어리가 생겨나 점점 커지
더니 악어용을 향해 비처럼 쏟아져 나갔다. 붉은 불꽃의 화살을
맞은 검은 악어용의 형체에 무수한 구멍이 뚫렸다. 악어용은 마침
내 꾸—억 요란한 비명을 지르며 물속으로 녹듯이 사라졌다. 사
슴은 다시 인형으로 돌아갔다.

"와! 사슴이 정말 대단해요!"

유리가 탄성을 올렸다.

"산카라의 악어용이 나타나다니……. 우리를 귀도시로 오라고
했을 때는 산카라도 그만한 준비를 한 거겠지."

사슴 영감이 말했다.

"유리야, 바얀 님을 불러내."

솔본이 말했다.

"바얀 님?"

줄광대가 유리를 보았다.

"바얀 님은 저와 같은 어머니의 숲 식구예요. 큰 숲의 신인데 모닥불과 이야기의 신이기도 해요."

솔본이 대신 대답했다.

"그럼 저도 바얀 님을 한 번쯤 뵈었겠군요. 우리 사당패도 숲 속에서 모닥불을 피우고 야영하는 때가 종종 있거든요. 같이 불을 쬐며 이야기하던 어른들 중에 바얀 님이 계셨는지 모르지요."

줄광대가 웃었다.

"게겔 투야 도슈흔 돌리에오 무지개의 발."

유리는 배낭에서 바얀의 인형을 꺼내 들고 주문을 외웠다. 그러자 인형이 푸른빛을 내더니 바얀이 나타났다.

"잘 오셨습니다."

사슴 영감이 바얀에게 인사를 건넸다.

"시장의 신께서 나타나신 걸 보니 푸른 마르인의 땅으로 가는 길이 다시 한 번 열릴 때가 된 모양이군요."

바얀이 사슴 영감을 마주 보며 웃었다.

"시장의 신은 늘 신들의 시장에서 자기 운명을 마치는 법이지요."

사슴 영감이 수수께끼 같은 말로 대답을 하고는 바얀에게 그간의 사정을 대강 이야기했다. 바얀은 이미 돌아가는 사정을 알고 있는지 미소를 지으며 고개를 끄덕이기만 했다.

"그런데 토오루운은 어디 있지?"

바얀이 나룻배 안을 둘러보며 물었다.

"배낭 안에 있어요."

유리가 배낭을 열자 고무찰흙 인형이 튀어나왔다.

"야바달, 토오루운, 수고 많았다. 이제 어머니의 숲으로 돌아가 오인과 함께 그곳을 지키도록 해."

바얀이 웃으며 말하자 유리가 인사할 틈도 없이 네눈박이 개가 사라져 버리고, 고무찰흙 인형이 맥없이 바닥에 넘어졌다.

옥토 반대쪽에는 운하를 사이에 두고 절벽이 마주 보고 있었다. 나룻배는 강 상류의 마지막 절벽을 끼고 운하를 따라 안으로 접어들었다. 그 운하는 줄광대가 사는 절벽의 운하보다 훨씬 폭이 넓었다. 하지만 갖가지 물건과 사람을 실은 배들이 분주하게 오가고 있어 지나기는 훨씬 어려웠다. 나룻배는 운하 안쪽으로 한참을 들어갔다. 간간이 배를 대는 선창가가 눈에 띄었다. 선창가에는 절벽을 파서 만든 커다란 창고들이 있었다. 배와 물건과 사람으로 선창가는 붐볐다. 큰 창고마다 옆에 비계가 절벽 꼭대기까지 설치되어 있고, 밧줄에 매달린 거대한 대광주리들이 비계를 따라 분주하게 오르내리고 있었다. 대광주리에는 물건과 사람이 잔뜩 실려 있었다.

"저 절벽 꼭대기가 귀시장입니다. 저 사람과 물건 들은 다 귀시장으로 가는 겁니다."

줄광대가 절벽 꼭대기를 가리켰다.

"우리 동문 시장도 예전엔 저렇게 컸는데 지금은 쪼그라들어 비교가 안 되지."

사슴 영감의 목소리에는 아쉬움이 가득했다.

창고 위층부터는 대장간이나 그릇, 종이, 옷감 등등을 만드는 공방들이 들어차 있었다.

마침내 나룻배가 비교적 한산한 선창가에 닿았다. 선창가에서부터 약초 냄새가 진동하는 것으로 보아 한약재를 다루는 곳인 모양이었다.

유리 일행이 배에서 내리자 죽은 자 셋이 앞을 막아섰다. 목에 빙 둘러 가며 흉터가 나 있었다.

"흑여래에게 줄광대가 손님을 모시고 왔다고 일러라."

줄광대가 명하자 죽은 자 중 하나가 쏜살같이 창고 위쪽으로 달려갔다.

"이곳에서도 웬만한 약재는 다 나오는군. 없는 것이 없어."

바얀이 냄새를 식별하려는 듯 눈을 감고는 깊게 숨을 들이켰다.

"아마 산이 깊지 않아서 없는 것도 있을 겁니다."

줄광대의 말에 바얀이 다시 한 번 눈을 감고는 숨을 들이켰다.

"그렇군요."

바얀이 고개를 끄덕였다.

"모시고 오랍니다."

창고 위로 갔던 죽은 자가 돌아와 말했다. 유리 일행은 죽은 자들을 따라 계단을 올라갔다. 바위를 파서 만든 통로가 나오고, 통로를 따라 좀 가자, 바위에 약초공방이라고 새긴 현판 밑에 커다란 문이 나왔다. 문은 열려 있었고 많은 사람이 바쁘게 드나들고 있었다.

문 안쪽은 넓은 작업실이었다. 약초를 써는 자들, 저울에 약초를 달아 적절한 비율로 섞는 자들, 탕약을 끓이는 자들로 작업실은 붐볐다. 죽은 자들은 작업실을 지나 유리 일행을 조용한 안쪽 방으로 안내했다.

"이거 영광입니다. 시장의 신과 여러 신께서 이렇게 누추한 곳까지 왕림해 주시니 우리 약초공방에 일찍이 없었던 일입니다. 동생, 모셔 오느라고 수고했네."

한복 위에 하얀 두루마기를 덧입고 말총으로 엮은 두건을 쓴 키작은 사내가 의자에서 일어나 일행을 맞이했다. 흑여래라는 이름에 걸맞게 주름과 얼굴색이 어두워 보였다. 그리고 눈이 작고 턱이 뾰족해서 쥐를 연상케 하는 생김새였다. 반짝이는 눈은 총기와 재주가 있어 보였고 독하고 약삭빠를 것 같은 인상이었다.

일행은 흑여래의 권유로 자개가 박힌 커다란 원탁에 둘러앉았다.

"우리는 산카라의 초대를 받아 산카라의 그림자 탑으로 가는 길입니다. 그리로 가려면 이 귀도시의 옛 성 지역과 귀시장을 지나 신도시 지역으로 들어가야 하죠. 그런데 귀도시에 도착하자마자 흑여래 님의 수하들에게 붙잡혔습니다. 더구나 제 절친한 친구인 줄광대의 집에서 그랬죠. 그래서 흑여래 님이 그렇게까지 하는 데는 분명히 무슨 뜻이 있겠다 싶어 여쭤 보러 왔습니다. 혹시 우리가 이 옛 성 지역과 귀시장을 지나는 걸 꺼리시는 건가요?"

사슴 영감이 정중하게 말문을 열었다.

"꺼리다니요? 그럴 리가 있겠습니까?"

흑여래가 허허 웃으며 손사래를 쳤다.

"그럼 왜 남의 집에 함부로 사람을 들여보내 남의 손님을 납치하려 했소? 어쭙잖은 양반 흉내 그만 내고 툭 까놓고 얘기해 보시오."

줄광대가 끼어들었다.

"어허, 납치라니? 자네는 손님들 앞에서 어찌 그리 말을 함부로 하나!"

흑여래가 줄광대를 나무라며 말을 이었다.

"저는 옳으니 그르니 누구의 편을 드는 걸 싫어합니다. 다만 고객이 충분한 대가를 주고 어떤 일을 해 줄 것을 요구하면 그 일을 해 주죠."

흑여래가 반짝이는 쥐눈으로 사슴 영감과 바안을 살폈다.

"고객도 고객 나름이지, 그래, 산카라 같은 괴물과 거래를 했단 말이오?"

줄광대가 화를 냈다.

"오다가 강에서 악어용의 공격을 받았습니다. 산카라의 악어용이죠. 어머니의 숲은 산카라의 그림자 탑이 나타나면서 오랜 세월 죽음의 숲이 되었습니다. 제가 보기엔 귀도시도 그렇게 될 가능성이 큽니다. 저희가 신도시 지역의 그림자 탑에 가는 건 그걸 막기 위해서입니다. 물론 그거 말고 다른 이유도 있지만 말입니다."

바얀이 흑여래를 똑바로 보았다. 흑여래는 바얀의 눈길을 피하지 않았다. 그러다가 갑자기 하하하하 웃고는 말했다.

"귀도시의 운명 같은 걸로 저를 설득할 생각은 마십시오. 이 귀도시에 거주하는 자들은 모두 다 한 번 세상에서 죽어 사라졌던 자들입니다. 그런데 또 한 번 죽어 사라지는 걸 겁내겠습니까? 누구에게나 일어날 일은 어떻게 하든 일어날 일이니 일어나게 놔두면 되죠. 나는 그런 거에 편을 들지 않습니다. 중요한 건 나에게만 일어나는 일이죠. 산카라가 충분한 대가를 준다는 것은 나에게만 일어나는 일입니다. 그래서 그가 요구한 일을 하는 겁니다. 산카라는 여러분을 초대했지만 여러분이 제 발로 걸어오는 걸 바라지 않는 것 같습니다. 그래서 여러분을 묶어 산카라에게 데려가려는 거죠. 여러분은 그러지 않고서는 귀도시와 귀시장을 지나갈 수 없습니다."

흑여래가 냉랭한 표정으로 못을 박았다.

"우리가 산카라보다 더 큰 대가를 지불한다면 우리 일을 해 줄 수도 있다는 겁니까?"

바얀이 물었다.

"물론이죠. 그게 나의 유일한 원칙입니다. 하지만 그런 것을 가지고나 있습니까?"

흑여래가 비웃음을 흘렸다.

"산카라가 준다는 대가가 도대체 뭔데 그러오?"

줄광대가 시비조로 물었다. 그러자 흑여래가 죽은 자 중 하나에게 무언가를 가져오라고 손짓했다.

얼마 지나지 않아 죽은 자 둘이 커다란 대나무 궤짝을 들고 왔다. 대나무 궤짝에는 음료수 캔, 부러진 철근과 쇠파이프, 부서진 보일러 조각, 놋그릇 등 쇳조각들이 잡다하게 들어 있었다. 유리는 하마터면 깔깔거리며 웃을 뻔했다. 그것들은 모두 쓰레기 더미에서 주울 수 있는 것들이었다.

"대흑여래 님께서 겨우 이런 걸 받고 그런 일을 한단 말이오?"

줄광대가 한심하다는 듯 웃었다.

"이걸 받고 하는 건 아니지. 자네도 알다시피 우리 옛 성 지역과 신도시 지역 사이에는 야산이 가로놓여 있을 뿐 경계가 없었어. 야산에는 저런 물건이 많이 있었고 그걸 먹이 삼아 쇠토끼를 기르는 건 우리 약초공방의 독점적 권한이었지. 그런데 저 빌어먹을 산카라가 들어오면서 옛 성 지역과 신도시 지역 사이에 장벽을 세워 버렸네. 야산 대부분의 땅이 그 장벽 너머에 속해 버렸고. 우리는 큰 손해를 보게 되었지. 쇠토끼는 귀하고 비싼 동물이야. 그걸 포기하기엔 우리 약초공방이 먹여 살려야 하는 식구가 너무 많아. 산카라 쪽에서 제시한 건 바로 그 야산에서 쇠토끼를 기르는 권한을 계속해서 우리에게 준다는 거야. 자, 이거보다 더 큰 대가를 나에게 줄 수 있겠습니까?"

흑여래가 말을 마치며 유리 일행을 하나하나 건너다보았다.

"저런 건 내가 얼마든지 구해 줄 수 있는데……."

유리가 중얼거렸다.

"글쎄다, 귀도시로 오는 문이 늘 열려 있다면 그럴 수 있겠지. 하지만 귀도시로 오는 문은 몇십 년 만에 한 번 열릴까 말까란다."

사슴 영감이 웃으며 말했다.

침묵이 길어지고 있었다. 일행의 얼굴은 점점 굳어 갔다. 흑여래는 비웃듯이 일행을 바라보고 있었다.

"그거보다 더 큰 걸 흑여래 님에게 드릴 수 있습니다."

눈을 지그시 감고 있던 바얀이 눈을 뜨며 말했다. 모두 놀란 눈을 하고 바얀을 바라보았다.

"그게 뭡니까?"

흑여래가 비아냥거리는 투로 물었다.

"약초요."

바얀의 목소리에 힘이 들어가 있었다.

"약초요? 약초라면 여기도 넘쳐 납니다."

흑여래가 말하고는 하하 웃었다.

"그렇지 않은 것도 있는 것 같습니다."

바얀이 말하며 약재를 넣어 두는 약장 쪽으로 갔다. 벽에 붙여 세워 둔 약장에는 천 개는 됨 직한 작은 서랍들이 달려 있었다. 서랍마다 약초 이름이 적혀 있었는데, 바얀은 위쪽 구석에 있는 한 서랍을 가리켰다.

"이 약초는 고산지대에서만 나는 약초여서 여기선 나지 않을 겁니다. 잘 쓰이지 않지만 아주 특별한 경우에 없어서는 안 될 약초지요. 거의 떨어져 가고 있군요."

바얀의 말에 흑여래의 얼굴이 굳어지다 못해 하얘졌다.

"자네들은 잠시 나가 있게."

흑여래가 죽은 자들에게 손짓을 했다.

흑여래는 죽은 자들이 사라지기를 기다렸다가 목소리를 낮추어 이야기를 시작했다.

"바얀 님 말이 맞습니다. 그 약초는 죽은 자의 목숨을 연장시키는 처방에 쓰이는 겁니다. 그 약초가 들어가지 않으면 약이 듣지를 않죠. 귀도시로 올 때 그 약초를 특히 많이 가져왔습니다. 워낙 적은 양이 들어가기 때문에 오랜 세월 버텨 왔습니다만 동날 날이 얼마 남지 않았죠. 저 약초를 찾으러 강 건너와 귀도시의 구석구석 안 다녀 본 곳이 없습니다. 그런데 어디서 구할 수 있다는 거죠?"

바얀을 쳐다보는 흑여래의 눈빛은 몹시 간절했다.

"어머니의 숲에서는 백리향만큼 흔한 풀입니다."

바얀이 미소를 지었다.

"정말입니까?"

"한번 그 약초가 맞나 보시겠습니까?"

바얀이 손바닥 위에 불꽃을 만들어 바닥에 던졌다. 그러자 커다란 모닥불이 피어오르고 모닥불 주위에 풀밭이 생겼다. 흑여래는 풀밭으로 다가가 풀들을 살펴보다가 잎을 따서 냄새를 맡아 보기도 하고 씹어서 맛을 보기도 했다.

"맞습니다. 바로 이 약초예요. 죽은 자들은 정기적으로 이 약초가 들어간 탕약을 먹지 않으면 잘린 목이 덧나 죽습니다. 죽은 자들의 목숨이 끝나면 귀도시에서의 저의 삶도 끝나는 겁니다. 죽은 자들은 제가 새로이 생명을 준 저의 아들딸이니까요. 하하, 이제 희망이 생겼군요."

흑여래가 크게 기뻐하며 풀밭에서 약초를 몇 포기 캐냈다.

"이제 우리를 도와주기로 마음먹은 겁니까?"

사슴 영감이 물었다.

"그럼요. 그림자 탑으로 갈 때 우리 애들도 데리고 가십시오. 도움이 될 겁니다. 죽은 자들은 이미 한 번 죽었기 때문에 여간해선 무너지지 않습니다."

흑여래가 말하고는 손뼉을 두 번 쳤다. 그러자 죽은 자들이 마실 거리를 쟁반에 받쳐 들고 들어왔다.

어머니들

닥터 박과 신부들은 캡틴의 안내를 받아 퓨처 컴퍼니의 노숙자 복지 시설을 돌아보았다. 지하 깊숙이 있는 숙박 시설과 식당, 스포츠 오락 센터, 의료 시설, 교육장은 현대식으로 지어져 나무랄 데가 없었다. 기자들은 감탄을 하며 카메라 셔터를 눌러 댔다. 하지만 퓨처 컴퍼니 측에서 보여 주고 싶은 것만 보여 주는 터라 일방적인 퓨처 컴퍼니 홍보 이상이 될 수 없었다. 그렇다고 퓨처 컴퍼니에서 전적으로 부정하는 의료 신기술 시설을 보자고 할 수도 없었고, 보자고 한다고 보여 줄 리도 없었다. 닥터 박은 속이 끓었다. 요셉 신부의 얼굴도 굳을 대로 굳어 있었다.

닥터 박은 노숙자들과의 면담에 희망을 걸었지만 그도 허사였다. 노숙자들은 한결같이 퓨처 컴퍼니가 주입했음 직한 대답을 앵무새처럼 반복했다. 노숙자들은 이미 정신적으로 좀비 상태에 빠진 것 같았다. 닥터 박은 노숙자들의 눈을 주의 깊게 살펴보았다. 노숙자들의 동공은 커다랗게 열려 있었다.

"노숙자분들의 동공이 마약을 한 사람들처럼 크게 열려 있습니다. 의학적인 점검이 필요한 것 같습니다."

닥터 박이 문제를 제기했다.

"노숙자분들이 오랜 노숙 생활로 건강 상태가 너무 안 좋아서 투약 중입니다. 필요하다면 투약 관련 기록을 보여 드릴 수도 있습니다."

캡틴이 대답했다. 기자들과 나이 든 신부들의 분위기가 이미 퓨처 컴퍼니의 자선사업에 대한 찬탄 쪽으로 흐르고 있어서 닥터 박의 문제 제기는 가볍게 무시되었다.

남은 희망은 단추 고양이와의 면담이었다.

"저희 쪽에서 특정한 노숙자분을 찍어서 면담을 할 수도 있겠죠?"

닥터 박의 갑작스러운 제안에 캡틴의 눈빛이 처음으로 흔들렸다. 캡틴은 잠시 무언가를 생각하는 눈치더니 신부들과 기자단을 짧게 둘러보고는 웃으며 대답했다.

"좋습니다. 모든 걸 투명하게 밝히는 게 우리 퓨처 컴퍼니의 방침이니까요. 노숙자분들이 도무지 자기 신분을 밝히지 않는데 특정한 노숙자분을 지정하실 방법이 있나요?"

"예, 노숙자분들 사이에서 불리는 별명이 단추 고양이이고 본명은 김영일입니다. 백원만 씨가 처음 성 베드로 병원에 올 때 같이 왔었죠. 그러고 나서 동문 시장에서 퓨처 컴퍼니의 직원들에게 연행당했습니다. 동문 시장 상인 여럿이 연행당하는 장면을 목격했으니 부정하실 순 없을 겁니다."

닥터 박이 구체적으로 지목하자 캡틴의 눈빛이 다시 한 번 흔들렸다.

"예, 좋습니다. 하지만 확인해서 찾으려면 시간이 좀 걸릴 겁니다. 그동안 다른 장소로 가서 기자분들의 질문을 받기로 하죠."

캡틴이 말하고는 비서를 불러 뭐라고 길게 지시를 했다.

상담실로 단추 고양이가 들어왔다. 단추 고양이는 겉보기에는 멀끔해 보였다. 깨끗한 옷차림에 피부도 하얘졌고 살도 좀 올라 있었다. 하지만 탁자 건너편에 와 앉는 단추 고양이를 보며 닥터 박은 절망감을 느꼈다. 단추 고양이의 동공도 여느 노숙자들과 다를 바 없었다.

"김영일 씨, 저 알아보시겠습니까?"

"예, 성 베드로 병원의 닥터 박 선생님입니다."

기계적인 어투였다. 절망감을 느낀 닥터 박은 기습적인 질문을 해 보기로 했다.

"이게 누군지 아시겠어요?"

닥터 박이 이한나 씨의 사진을 단추 고양이 쪽으로 밀었다. 단추 고양이의 눈길이 반사적으로 이한나 씨의 사진에 머물렀다. 그러고는 다시 닥터 박 쪽으로 돌아왔다. 단추 고양이의 동공에 반짝 빛이 스치는가 싶더니 미세하게 움찔거리는 것 같았다.

"이 아이는 누군지 아시겠습니까?"

닥터 박이 또 하나의 사진을 내밀었다. 단추 고양이의 눈길이 사진에 머무는 순간 볼의 근육이 눈에 보일 듯 말 듯 경련을 일으켰다.

"당신의 딸 유리입니다. 가족이 당신을 찾고 있습니다. 여기서 나가고 싶지 않으세요?"

단추 고양이의 확대된 동공이 가늘게 경련을 일으키고 있었다.

"나가고 싶지 않으세요?"

닥터 박이 사진을 들어 보이며 물었다.

"나…… 나…… 나…… 나……."

단추 고양이는 말을 더듬으며 몸을 떨기 시작했다.

"더 이상 면담을 진행하면 안 되겠습니다. 의사 불러요."

캡틴이 비서에게 지시를 했다.

"네 아빠도 집에 못 들어오고 있는데 너까지 이러면 난 누굴 믿고 사니? 말을 좀 해. 그 시연장은 왜 다닌 거야?"

미니 엄마가 물었다.

"미래교육카드 포인트 올리려고."

미니가 시무룩한 목소리로 대답했다.

"그렇다고 몸에 해를 끼치는 걸 느끼면서도 그걸 계속했단 말이야?"

"그럼 어떡해? 과외도 받고 옷도 사고 싶은데 엄만 돈 없잖아?"

미니가 신경질을 내며 훌쩍거렸다.

"그까짓 거 안 받고 안 입으면 어때? 네 몸이 중요하지 그게 중요하니?"

미니 엄마도 울먹거렸다.

"미니라고 했니? 혹시 너 시연장에서 신상품 시험할 때 그 사람들이 뭐 쓰라고 하지는 않았니?"

타조 청년이 지켜보고 있다가 끼어들었다. 미니가 고개를 들었다. 눈자위가 벌겠다.

"별거 아니라고 그냥 사인하라고 해서 하긴 했는데…… 무슨 각서 같은 거였어요."

미니가 기억을 되살리려는 듯 미간을 잔뜩 찌푸리며 말했다.

"각서?"

유인서 선생의 얼굴이 굳어졌다.

"중요한 거 아니라고 해서 자세히는 안 봤는데 신상품 때문에 안 좋은 일이 생겨도 자기 책임이라는, 뭐 그런 거랬는데……."

미니가 엄마의 눈치를 보며 말꼬리를 흐렸다. 미니 엄마는 기가 막힌다는 표정으로 미니를 빤히 바라보고 있었다.

"아이들이 그 시연장에 많이 드나든다고?"

타조 청년이 다시 물었다.

"네."

미니가 짧게 대답하고는 눈물을 훔쳤다.

"이건 어린애들을 상대로 한 범죄행위입니다. 빨리 증거를 잡아서 못 하게 막아야 해요."

타조 청년이 입을 앙다물며 유인서 선생을 보았다.

"일단 미니랑 신상품 시연장에 드나든 아이들의 어머님들께도 연락을 드렸으니까 오시면 같이 이야기를 해 보지."

유인서 선생이 대답하며 고개를 끄덕였다.

"안 돼요! 게임방 문 닫으면!"

주고받는 이야기를 가만히 듣고 있던 미니가 갑자기 소리쳤다.

"안 되긴 뭐가 안 돼? 아직 정신을 못 차렸어?"

미니 엄마가 답답하다는 듯 미니를 나무랐다.

"그럼 난 어떡하라고, 엄마가 돈 주는 것도 아닌데? 나 거지꼴로 다니라고? 그래서 나도 왕따당하란 말이야?"

미니가 엄마에게 대들었다.

"아이고, 철딱서니 없기는! 그런 게 다 무슨 소용이니? 건강이 망가지면 아무것도 소용이 없어."

미니 엄마가 호소라도 하듯 말했다.

"무슨 수를 쓰든 최고가 되라며? 귀에 못이 박히게 말했잖아? 그래 놓고 왜 딴소리야?"

미니가 악을 쓰며 훌쩍였다.

"그게 할 소리니? 그게 할 소리야?"

미니 엄마도 소리를 질렀다.

"진정하세요. 깨어난 지 얼마 안 됐는데 지금 미니 흥분하면 안 좋아요."

이한나 씨가 미니를 데리고 방으로 향했다.

"왕따는 무슨? 걱정 마, 우리 반에 너 왕따시킬 수 있는 애는 없어. 정 그러면 아나고 부족 해 버려."

등 뒤로 던지듯 하는 말투였지만 미니를 걱정하는 지노의 마음이 묻어났다.

"미래교육카드를 못 하게 할 테니 걱정 마세요."

유인서 선생이 미니 엄마를 위로했다.

"그게 정답이네요."

타조 청년이 고개를 끄덕이며 웃었다.

"어쩐지 요즈음 우리 애가 힘이 없고 넋이 나간 것 같더니만 그래서 그랬단 말이에요?"

유인서 선생이 대강 설명을 마치자 어머니들 중 하나가 물었다.

"우리 애는 기절까지 했는걸요."

미니 엄마가 한숨을 쉬었다.

"그런데 이상하잖아요? 게임으로 며칠 밤을 새우다 잘못되었다는 소린 들었지만 한두 시간 오락했다고 기절까지 하나요? 그렇다면 게임방이고 피시방이고 다 문 닫아야 하게요? 저희 집이 게임방을 하거든요. 뭔가 다른 것 때문에 아이들이 그렇게 된 거 아닐까요?"

다른 엄마가 고개를 갸웃거렸다.

"사실은 아직 확실한 증거가 없어서 말씀을 드리지 않은 게 있습니다."

유인서 선생이 어머니들의 말을 듣고 있다가 나섰다.

"그게 뭔데요?"

어머니들이 의아한 눈으로 유인서 선생을 보았다.

"아이들이 시연장에서 타는 오락 기기는 단순한 오락 기기가 아니라 일종의 의료 기구인 거 같습니다."

"의료 기구요? 그런 게 왜 게임방에 있어요?"

어머니들이 이해가 안 된다는 듯 유인서 선생을 쳐다보았다.

"퓨처 컴퍼니 산하 의학 연구소에서 사람의 무의식적 에너지라고 할지, 기라고 할지 하는 걸 이식하는 새로운 의료 기술을 개발했습니다. 그리고 얼마 전 퓨처 컴퍼니에 잡혀갔던 한 노숙자가 좀비처럼 되어 나타났는데 그 노숙자의 환자복 주머니에서 그 이식 기술과 관련된 진료 기록이 나왔어요. 저희는 퓨처 컴퍼니에서 새로운 이식 기술을 이미 사용하고 있는 게 아닐까 의심하고 있습니다. 그래서 혹시 아이들이 시연장에서 타는 오락 기기도 그 의료 기구가 아닐까 하는 생각이 드는 거죠. 그렇지 않다면 미래교육카드 포인트를 그렇게 많이 올려 주는 것도 이해가 안 되고 아이들의 건강이 눈에 보이게 나빠지는 것도 이해가 안 됩니다."

유인서 선생이 찬찬히 설명을 했다.

"그래도 그건 좀 과도한 상상 아닐까요? 아무리 인면수심이라고 해도 아이들을 속이면서까지 그럴 리가 있겠어요?"

어머니들 중 하나가 납득이 안 된다는 듯 고개를 흔들었다.

"퓨처 컴퍼니에서 불투명한 관 같은 걸 여기저기로 비밀리에 운반하는 걸 저희가 발견했습니다. 저희는 그 물건에 그림자의 미라라는 이름을 붙였어요. 그것이 이식 기술과 관련이 있는 것 같은데 시연장의 오락 기기 아래에 그 그림자의 미라로 추정되는 것이 있었다고 해요."

유인서 선생의 말에 어머니들이 웅성거렸다.

"이거야 원……."

"도저히 믿어지지가 않네."

어머니들이 혀를 찼다.

"그것만이 아닙니다. 이 계약서는 한 개인이 미래카드를 하면서 퓨처 컴퍼니와 맺은 계약서입니다. 의학 전문용어가 많이 쓰여 있어서 일반 사람은 무슨 내용인지 잘 알 수가 없게 되어 있지요. 그래서 그 분야를 잘 아는 의사한테 보여 봤습니다. 그랬더니 미래카드로 인한 빚이 많아져 갚을 수 없게 될 때는 그 이식 기술의 실험 대상이 되는 걸 허용한다는 내용이라고 했습니다. 혹시 가족 중에 미래카드를 하는 분이 있으면 계약서를 작성했는지 물어보고 이거하고 같은지 한번 살펴보세요."

타조 청년이 복사해 온 문서를 들어 보이며 말했다.

"그럼 지금 우리 남편이 그걸 피하려고 도망 다니고 있단 말이에요?"

미니 엄마가 옆으로 비틀했다.

"미니 어머니!"

이한나 씨가 얼른 미니 엄마를 부축했다. 어머니들은 복사한 문서를 돌려 가며 들여다보았다.

"서랍 정리를 하다가 우리 남편 계약서를 얼핏 본 적이 있는데…… 이거랑 비슷했던 것 같은데……."

한 어머니가 표정이 굳어져 말했다.

"그렇게 심각한 거면 신문사나 방송국에 알려서 그런 짓 못 하게 막아야죠!"

"잘 아시겠지만 퓨처 컴퍼니는 신문이나 방송에도 막강한 영향력이 있습니다. 신부님들까지 나서서 의문을 제기하는데도 퓨처 컴퍼니에서 그런 사실이 없다고 잡아떼니까 신문, 방송에서 기사를 제대로 쓰지 않아요."

유인서 선생이 말했다.

"어이구, 참 한가한 말씀 하시네요, 아이들이 좀비가 되어 가는 판인데! 그럼 인터넷에라도 올리고 그 퓨처 컴퍼닌지 달팽이 모잔지한테 쫓아가 야단법석이라도 떨어야죠?"

한 어머니가 흥분해서 소리치자 어머니들이 모두 맞아요, 맞아요, 하며 맞장구를 쳤다.

"그래서 어머님들을 오시라고 한 겁니다. 저희도 퓨처 컴퍼니에서 아이들을 상대로 실험을 하고 있다는 사실은 이제야 알았습니다. 퓨처 컴퍼니가 워낙 막강한 힘을 가지고 있는 터라 확실한 근거를 확보해서 신중하게 일을 진행하려고 했는데 아이들 이야기

를 들어 보니 그럴 때가 아닌 것 같아요. 그래서 할 수 있는 방법
은 다 동원해 보려고 합니다."

"지금 당장 저희가 해야 할 일이 뭐죠?"

성질 급한 어머니가 유인서 선생의 말을 끊으며 따지기라도 하
듯 말했다.

"인터넷에 올린다고 해도 최대한 근거를 확보해야 합니다. 우선
은 그 신상품 시연장 사진이 필요해요. 그 오락 기기 사진이나 그림
자의 미라 사진같이 증거가 될 만한 걸 찍어야 합니다. 그런데 그 시
연장은 관계자 이외의 사람은 들어오지 못하게 직원들이 지키고
있어요. 젊은 친구들을 모아서 우격다짐으로 들어가려면 들어갈
수도 있습니다만 그건 너무 티가 날 것 같고요. 아무래도 피해 학
생의 어머니들이 나서는 게 제일 자연스러울 것 같습니다. 그러니
까 어머님들께서 그 시연장에 가서 한바탕 난리를 피워 주십사
하는 거죠. 그러면 그 난리 통에 사진을 찍을 수 있을 테니까요."

타조 청년이 끼어들었다.

"좋아요, 그놈의 시연장을 들었다 놓지 않고서는 이 분이 삭지
않을 테니까."

나이가 좀 많은 어머니가 팔을 걷어붙였다.

"좋아요, 그 퓨처 컴퍼니 게임방 때문에 우리 게임방 망할 판이
었는데 그런 짓을 하고 있었다니 이참에 확 엎어서 살길 찾아야겠
네."

어머니들이 왁자지껄 맞장구를 치다 와하고 웃어 버렸다.

귀시장

"지금 밖에 아이들이 몇이나 있지?"

흑여래가 차를 가져온 죽은 자 하나에게 물었다.

"대부분 귀시장에 올라가고 십여 명쯤 됩니다."

"모두 이리로 오게 해라."

흑여래가 죽은 자에게 지시했다.

얼마 지나지 않아 죽은 자 십여 명이 방 안으로 들어섰다. 우락
부락한 모습들 속에 갸름한 얼굴의 젊은 여자가 하나 끼어 있었
다. 남자 복장을 하고 있었지만 날렵한 몸매에 얼굴이 고와서 금
방 표가 났다. 파리한 얼굴에는 표정이 없었고, 긴 머리칼을 묶어
서 등 뒤로 늘어뜨리고 있었다. 등에는 긴 칼을 차고 있었다.

"너희를 이렇게 모이게 한 것은 신도시 지역에서 온 산카라의
그림자들을 오늘 귀시장에서 말끔히 몰아내기 위해서다."

흑여래가 말하자 죽은 자들이 웅성거렸다.

"그자들을 몰아낸다는 말씀이 확실한가요? 이제까진 그자들을 도와주라고 하셨던 것 같은데……."

여검객이 흑여래를 빤히 바라보며 물었다.

"그간엔 말 못 할 사정이 있어서 그자들을 도왔지만 이제 사정이 달라졌다."

흑여래의 말에 죽은 자들이 환호성을 질렀다. 그간 그들을 돕는 게 마음에 내키지 않았던 모양이었다. 흑여래는 환호성이 잦아들기를 기다려 말을 이었다.

"고수는 북을 두드려 여러 공방과 다른 지역에 알려라. 신도시 지역에서 온 축축한 것들을 몰아낼 것이니 귀시장으로 모이라고. 그리고 잘 마른 태양의 풀을 가지고 올라가 귀시장 곳곳에 불을 지펴라. 신도시 지역에서 온 축축한 것들을 몰아내는 데 도움이 될 거다. 우리도 곧 따라 올라갈 거다."

흑여래가 말하고는 여검객에게 가까이 오라고 손짓을 했다.

"너는 이 아이 곁을 한시도 떠나지 말고 지켜라."

그러고는 유리의 어깨에 손을 얹었다.

"유리라고 했지? 이 언니는 비연이라고 한다. 나는 제비라는 뜻이지. 아무도 당할 수 없는 검객이다. 너를 지켜 줄 거야."

흑여래가 여검객을 소개하며 웃었다. 뜻밖에 마음씨 좋은 표정이 언뜻 흑여래의 얼굴에 떠올랐다 사라졌다.

유리 일행은 흑여래를 따라 거대한 대광주리가 오르내리는 비계로 갔다. 약초공방 쪽 절벽의 북소리는 그쳤지만 건너편 절벽과 그 너머 절벽의 북소리는 여전히 다급하게 울리고 있었다. 다른 공방들의 비계에서도 대광주리가 바쁘게 오르내리며 물건과 사람을 실어 나르고 있었다.

"비연, 너는 꼬마 아가씨하고 뒤에 오너라."

흑여래가 말하고는 사슴 영감, 바얀과 함께 대광주리 위에 올라탔다. 흑여래가 줄광대에게도 타라고 손짓했지만 줄광대는 타지 않았다.

"나는 꼬마 아가씨와 함께 갈 테요."

줄광대가 말했다.

"꼬마 아가씨가 아니라 비연과 함께 가려는 거겠지. 올라가서 보세."

흑여래가 줄광대에게 웃어 보이고는 줄을 당겨 위로 신호를 보냈다. 대광주리가 천천히 위로 올라가기 시작했다.

대광주리가 절벽 꼭대기에 닿을 즈음 다른 대광주리가 아래에 도착했다. 두 개의 대광주리가 번갈아 오르내리도록 장치가 되어 있는 모양이었다. 줄광대가 비연에게 오르라고 길을 내주자 비연은 유리에게 먼저 오르라고 길을 내주었다. 유리와 솔본이 먼저 대광주리에 올라탔다.

비연과 줄광대는 대광주리의 양 끝에 서서 서로 외면하고 있었다. 대광주리가 높이 올라갈수록 밑에서 올라오는 바람이 거세졌다. 비연의 목에 둘러맨 머플러가 바람에 날리며 기다란 벌레 모양의 상처가 언뜻 드러났다.

'비연 언니도 죽은 자였구나.'

유리가 속으로 중얼거리는데 줄광대가 큼큼 헛기침을 하고는 비연에게 말을 걸었다.

"그 목도리는 쓸 만합니까?"

지나가다 무심히 던지는 듯한 말투였다.

"이런 천으로 상처를 가린다고 있는 상처가 없어지기야 하겠어요? 그래도 마음만은 고맙게 받지요."

비연이 말끝에 작게 한숨을 쉬었다.

"고맙기는 뭘, 우리 집 아이 하나가 그런 목도리를 잘 만듭니다."

줄광대가 고개를 돌렸다.

유리는 조금 어리벙벙했다. 줄광대가 비연이 못 미더워 감시하려고 같이 탄 줄 알았는데 그게 아닌 듯했다. 어느새 대광주리가 절벽 꼭대기에 도착했다.

대광주리에서 내린 유리는 눈을 크게 떴다. 절벽 가까운 곳에는 여러 마리의 소들이 돌리는 거대한 수레바퀴가 줄을 지어 있었다. 대광주려를 올리고 내리는 장치였다. 그 뒤쪽엔 임시 창고로 쓰는 헛간들이 있고 그 뒤로 멀리 야산 둔덕까지 하얀 차일이 가득 펼쳐져 있었다. 차일 아래에는 온갖 물건이 쌓여 있었다. 시장은 오가는 사람들로 붐볐다. 모두 옛날 옷을 입은 사람들이었다.

그런데 시장의 차일이 끝나는 야산 둔덕에 이상한 하얀 장벽이 보였다. 그 하얀 장벽 가운데쯤에서 눈부신 빛이 반사되었다. 장벽 뒤의 야산은 온통 안개에 덮여 보이지 않았다. 안개는 장벽에서 조금씩 흘러넘쳐 귀시장에도 옅게 끼어 있었다.

"저 하얀 장벽은 뭐예요?"

유리가 눈을 가늘게 뜨고 둔덕 쪽을 가리켰다.

"저 장벽 너머가 신도시 지역이다. 전에는 저런 안개 장벽은 없었지. 그리 높지 않은 야산이 옛 성 지역과 신도시 지역을 나누고 있었어. 그래도 이곳 사람들이 신도시 지역으로 가는 일은 거의 없었다. 신도시 지역은 모든 게 무너져 있는 폐허일 뿐이고 지저분한 쓰레기들뿐이니까. 물론 신도시 지역 사람들은 가끔 이 귀시장에 나타나서 가지고 온 물건과 먹을거리를 바꾸어 가곤 했지. 그런데 신도시 지역 안에 그림자 탑이 나타나고부터 안개 장벽이 생겨났어. 그리고 달팽이 모자들이 귀시장에 나타났고. 그것들이 흑여래와 손을 잡으면서 귀시장에 세력을 뻗치기 시작했단다."

유리는 줄광대의 말에 주위를 둘러보았다. 달팽이 모자들은 눈에 띄지 않았다.

"시장에서 몇 가지 살 것이 있습니다. 가시지요."

흑여래가 시장 안쪽으로 일행을 안내했다.

"손잡아. 사람이 많아서 잘못하면 잃어버릴 수도 있어."

비연이 유리의 손을 잡았다. 비연의 손은 서늘했다.

유리는 비연의 곁에 붙어 가다가 무언가가 자기를 엿보는 것 같아 뒤를 돌아보았다. 솔본도 낌새를 챘는지 번쩍번쩍 사방을 돌아다니기도 하고 두리번거리기도 했다. 하지만 아무것도 발견할 수 없었다. 흑여래는 일행을 대장간으로 데려갔다. 대장장이가 화덕에서 벌겋게 달군 쇳덩이를 꺼내 모루에 놓고 두드리고 있었다.

"보아하니 그거 명검이 되겠군."

흑여래가 말을 걸었다.

"명검은요? 저 아이가 등에 지고 있는 칼에 비하면 쇠몽둥이밖에 안 되겠는걸요. 무슨 칼인지 몰라도 칼이 우는 소리가 여기까지 들리네요."

대장장이가 두드리던 쇳덩어리를 집게로 집어 물에 담그며 말했다. 유리는 깜짝 놀랐다. 그러고 보니 배낭 속에서 여왕을 위한 칼이 울고 있었다.

"그런데 흑여래 어른께서 웬일이십니까?"

대장장이가 물었다.

"왜, 나는 이런 데 구경 오면 안 되는가?"

"안 될 거야 있겠습니까마는 바쁘신 분이 누추한 곳까지 찾아주시니 하는 말이죠."

대장장이는 물에 식힌 칼을 다시 화덕에 집어넣었다.

"칼 좀 사러 들렀네. 사인검 두 자루 주시게."

"사인검요? 잠시 기다리셔야겠습니다. 달팽인지 그림잔지 하는 것들이 그런 칼을 싫어하더군요. 그래서 깊이 감춰 뒀죠. 그런데 그걸 어디에 쓰시려고요?"

"그걸 싫어하는 놈들에게 쓰지 어디 쓰겠나?"

"정말입니까? 좋은 일이죠."

대장장이가 괭이를 들고 창고 안으로 들어가더니 기름종이에
싼 칼 두 자루를 들고 나왔다. 흙이 묻은 것으로 보아 땅에 파묻
어 놓았던 모양이었다.

"좋군. 사인검은 호랑이해, 호랑이 달, 호랑이날, 호랑이 시에
만든 칼이지. 호랑이의 기운을 타고나서 사악한 것들을 제압하는
힘이 있다네."

흑여래가 말하며 줄광대와 비연에게 칼을 넘겼다. 줄광대와 비
연이 칼집에서 칼을 뽑아 보았다. 하얀 날빛이 서리처럼 차갑고 칼
가운데에는 금박으로 북두칠성과 별자리가 새겨져 있었다.

"검은 무사 하라의 칼과 아주 비슷하군."

바얀이 중얼거렸다.

흑여래는 일행을 끌고 대장간을 나와 도굴꾼들의 골동품 가게
로 향했다.

"이 도굴꾼들은 왕릉의 가장 깊은 곳을 자기 집 드나들듯 하던
자들이지. 그러다 보니 산 자와 죽은 자의 경계를 잊어버려 여기
까지 흘러들어 온 거야."

골동품 가게에는 도자기며, 금은 술잔과 그릇, 금관, 청동검, 청
동거울 등 없는 물건이 없었다.

"흑여래 어른 오셨군요. 저번에 가져간 약사여래 금불상은 마음
에 드셨습니까?"

가게 주인이 알은척을 했다. 눈이 작고 도수 높은 안경을 낀 데

다 턱이 홀쭉하고 입이 튀어나와 있어서 두더지를 연상케 하는 얼굴이었다.

"그럼. 그 약사여래 금부처님이 아주 영험하신 모양이야. 귀인이 찾아오셔서 이제까지 구하지 못한 아주 귀한 약재를 구하게 되었지 뭔가."

흑여래가 바얀을 돌아보며 기분 좋게 웃었다.

"그렇다니 다행입니다. 이번엔 또 무슨 물건을 찾으시는지요?"

두더지가 도수 높은 안경 너머에서 커다랗게 확대된 눈알을 굴리며 흑여래의 눈치를 살폈다.

"청동거울을 작은 걸로 하나 구했으면 하는데, 얼굴을 잘 비추는 걸로."

"청동거울이라…… 마침 그런 게 하나 있긴 한데……."

두더지가 가게 뒤의 창고로 가서 작은 청동거울을 가지고 왔다.

"이 청동거울이 안성맞춤인데 불행히도 주인이 있습니다."

두더지가 머리를 긁으며 흑여래의 눈치를 보았다.

"누군지는 모르겠지만 내가 그 사람이 치른 값의 두 배를 내겠네."

흑여래가 웃으며 말했다.

"돈의 문제가 아닙니다. 이 청동거울은 옛날 어느 왕국을 수호하는 보물이었죠. 그 왕국이 멸망할 때 한 왕족이 도망치며 이 거울을 어느 연못에 던져 숨겨 놓았습니다. 그는 후손들에게 그 청동거울을 찾으면 왕국을 세울 수 있으니 꼭 되찾으라고 유언을 했습니다. 하지만 후손들이 그 거울을 찾으려 해도 연못의 용이 지키고 있어서 되찾지를 못했죠. 그렇게 세월이 흐르고 흐르다 보니 나중에는 그 연못이 어디 있는지조차 모르게 되었습니다. 후손들은 청동거울을 되찾아야 한다는 집착 때문에 죽어도 죽지 못하는 자가 되어 이곳으로 흘러들어 왔죠. 이 청동거울이 없으면 그자들은 영원히 이곳에 발이 묶이게 됩니다."

"그런데 자네는 어떻게 이 청동거울을 찾았나? 용을 죽이고 거울을 찾아왔을 리는 없을 테고."

줄광대가 호기심에 물었다.

"용이 어떻게 되었는지는 모릅니다. 저희가 찾아냈을 땐 연못은 물이 마르고 지형이 변해 작은 언덕이 되어 있었죠."

두더지가 손짓으로 나지막한 언덕을 그려 보였다.

"지금 다시 왕국을 세울 수 있는 것도 아닐 테고, 참으로 무의미한 집착이로군. 이 청동거울이 녹이 슬지 않아 딱 좋은데……."

흑여래가 아쉬워했다.

"그렇지요? 거울을 지키던 용의 기운 때문인지 전혀 녹이 안 슬었더군요."

두더지가 맞장구를 쳤다.

"그럼 잠시 빌리는 걸로 하면 어떻겠나?"

흑여래가 청동거울에서 눈을 떼어 두더지를 보았다.

"빌려 가시는 거야 상관이 없겠습니다만 그 대신 반드시 돌려주셔야 합니다."

두더지가 다짐을 놓았다.

"허허, 나하고 줄광대가 이 귀시장의 터줏대감인데 우리를 못 믿으면 누굴 믿겠나?"

"죄송합니다. 그냥 노파심에서 해 본 말일 뿐이니 괘념 마십시오."

두더지가 청동거울을 포장하려고 했다.

"됐네. 그냥 주시게."

흑여래가 두더지에게서 청동거울을 받아 유리의 배낭에 넣어 주며 일렀다.

"청동거울은 무엇이든지 그 본모습을 비춘단다. 쓰일 때가 있을 거야."

무언가를 알리는 듯한 북소리가 울리더니 사방에서 요란한 풍악 소리가 들렸다. 목말을 탄 무동들이 우쭐우쭐 춤추며 나아가는 모습이 차일 위로 언뜻언뜻 보였다. 사당패들이 재주를 부리며 시장의 가운데를 향해 가고 있는 것 같았다. 시장 여기저기에서 불을 피웠는지 연기가 피어올랐다. 연기에서는 달맞이꽃 향기와 같은 냄새가 났다.

"시작이 되었습니다. 먼저 가 봐야겠습니다."

줄광대가 말하고는 앞장서 사람들 사이를 헤치고 나아가기 시작했다.

"비연, 너도 가 봐라."

흑여래의 말이 떨어지자 비연이 날쌔게 줄광대 뒤를 따랐다.

유리 일행은 흑여래를 따라 시장의 가운데를 향해 갔다. 앞쪽에서 요란하게 싸우는 소리가 들리더니 갑자기 끼—악 하는 괴성과 함께 군중의 비명이 들렸다. 흑여래와 유리 일행은 걸음을 빨리했다.

시장 가운데에 있는 광장 중앙에 커다란 서커스 천막 같은 원형 천막이 있었다. 천막 입구에는 군복에 달팽이 모자를 쓴 자들이 몰려서 있고 그 주위를 죽은 자들과 사당패 사내들이 둘러싸고 있었다. 거대한 천막 꼭대기에는 사람 크기의 두 배쯤 되는 검은 새가 앉아 있었는데 산카라를 축소해 놓은 것 같은 모습이었다. 줄광대와 비연은 천막 위에서 칼을 빼 든 채 출렁출렁 줄을 타며 검은 새와 대치하고 있었다. 그 모습을 보자 솔본이 초록 빛덩이가 되어 천막 위로 올라갔다. 솔본이 내려앉는 걸 보고는 검은 새가 머리 여러 개를 꿈틀꿈틀 움직이며 끼—악 소리를 질렀다.

"자— 자—, 잠시 칼을 거두고 들어 보시오! 우리는 모두 장사꾼이오. 장사꾼은 어쩔 수 없는 경우가 아니고서는 흥정을 하지 칼을 쓰지 않는다오."

흑여래가 소리치자 원형 천막 입구에서 검은 신사복에 달팽이 모자를 쓴 자가 나왔다. 그곳의 지휘자인 듯했다.

"시장의 신과 계집아이를 묶어서 데리고 온다는 게 우리가 맺은 계약이었던 것 같은데 아니었소?"

신사복이 따지듯이 말했다.

"미안하지만 그 계약은 파기되었소."

"왜 일방적으로 파기한다는 거요?"

신사복은 몹시 불쾌한 표정을 지었다.

"계약상에 당신들이 이 귀시장에 들어와 상주해도 좋다는 조항은 없소. 그런데 당신들은 일방적으로 들어왔소. 그래서 우리 형제들이 매우 불쾌하게 여기고 있다오. 이런 상황에선 나도 당신들의 요구를 들어줄 수 없소. 당신들이 이상한 장벽을 만들어 우리가 신도시 지역에 들어가는 걸 통제하듯이 이제부터 우리도 당신들이 여기 오는 것을 통제할 것이오. 그러니 돌아가시오. 여기 시장의 신님과 아이는 당신들이 오지 말라고 해도 당신들 지역으로 갈 것이니 그리 손해 보는 것도 아닐 것이오."

흑여래의 말에 광장을 메우고 있던 사람들이 옳소, 옳소, 하고 소리를 질렀다.

"신도시 지역의 그림자 탑이 완성되면 어차피 귀도시 전체가 우리의 영역이 될 거요. 그때 가서 후회하지 마시오. 오늘의 행동에 대한 대가를 톡톡히 치를 것이오!"

신사복이 협박조로 응수했다. 그때 줄광대가 번개같이 천막 위에서 뛰어내리며 신사복의 목에 칼을 겨눴다.

"우리는 사람으로서 당연히 누려야 할 것을 누리기 위해 한 번씩 죽음의 대가를 치른 사람들이오. 그런 협박이 우리에게 통할 것 같소? 가는 걸 막지는 않을 테니 목이 붙어 있을 때 어서 떠나시오."

줄광대의 말에 사람들의 표정이 숙연해졌다.

"어머니의 숲에 산카라가 세웠던 그림자 탑은 우리 꼬마 아가씨의 연약한 손에 무너졌지. 지금 세우는 그림자 탑도 그렇게 무너질 운명이야."

바얀이 유리의 어깨에 손을 얹으며 말했다. 그러자 땅속에서 울려 나오는 듯한 음산한 목소리가 어디선가 들려왔다.

"그렇게 생각하나, 나의 정원사 바얀? 어리석구나, 바얀. 너는 내가 아이들 소꿉장난터 같은 어머니의 숲을 차지하기 위해 거기 그림자 탑을 세웠다고 생각하느냐? 하긴 정원사의 눈에는 자기가 가꾸는 정원이 세상의 전부인 것처럼 보이기 마련이지. 나 산카라는 지상의 세계로 넘어가는 통로를 얻기 위해 어머니의 숲에서 전쟁을 벌였고, 지상의 세계로 넘어가는 통로를 얻었지. 바로 이 아이를 통해서. 흐흐흐흐 하하하하 호호호호."

산카라의 웃음소리와 함께 신사복 차림의 달팽이 모자가 수현이로 변했다. 그의 목에 칼을 대고 있던 줄광대가 당황해서 주춤 물러났다.

'산카라가 지상 세계로 넘어가는 통로가 수현이라고?'

유리는 수현이를 바라보았다. 수현이도 비웃음을 흘리며 유리를 마주 보았다.

"나 산카라는 지상의 세계에서 많은 인간의 그림자를 끌어 모았다. 너희는 이미 내 상대가 되지 못한다. 나 산카라는 이제 신들의 시장으로 갈 것이다. 거기서 가장 위대한 신으로 다시 태어날 것이다. 어서 오너라 유—리, 어서 오너라 시장의 신. 어서 와서 신들의 시장으로 가는 나의 통로가 되어 다오. 저 안개의 영역으로 어서 오너라. 흐흐흐흐 하하하하 호호호호."

산카라의 목소리가 희미해졌다.

"잘 들어라, 산카라. 너를 파멸시키는 것은 다른 자가 아니라 너 자신의 오만이다. 너는 너보다 강한 것에 의해 멸망하는 게 아니라 이 세상에서 가장 약하고 여린 것에 의해 멸망할 것이다."

바얀이 소리쳤다.

산카라의 음산한 웃음소리와 함께 달팽이 모자들이 원형 천막 안으로 사라졌다. 유리를 뚫어져라 쏘아보던 수현이도 천막 안으로 사라지고 천막 안에서 팟— 소리와 함께 불빛이 비쳐 나왔다. 모두 눈이 휘둥그레져서 지켜보는데 원형 천막이 팽팽하게 부풀어 올랐다. 그리고 꼭대기의 새가 끼—악 하고 울더니 원형 천막이 천천히 하늘로 솟아올랐다.

"기구였어!"

유리는 입을 벌리고 떠오르는 원형 천막을 올려다보았다.

'유—리, 어서 와라. 나는 너고 너는 나다. 거울의 문에서 기다리고 있으마.'

문득 음산한 목소리가 유리의 가슴 밑바닥을 울리고 지나갔다.

기구는 천천히 안개 장벽 쪽으로 날아가더니 안개 속에 빨려 들기라도 하듯 사라졌다.

거울의 문

원형 천막이 사라진 광장은 꽤 넓었다. 죽은 자들이 원형 천막이 있던 자리에 태양의 풀을 쌓아 놓고 불을 질렀다. 여러 사당패가 모닥불을 가운데에 두고 놀이를 시작했다. 시장은 축제 분위기였다. 사람들이 사당패들과 어울려 춤을 추며 하나가 되어 갔다.

"유리야, 가야지. 시간이 많지 않아."

사슴 영감이 줄광대들의 줄타기에 정신을 빼앗긴 유리를 재촉했다. 비연이 유리의 손을 부드럽게 잡아끌었다.

"우시장 쪽으로 질러가지요. 안개 장벽을 지나는 문이 그 뒤쪽 어디쯤일 겁니다."

비연이 흑여래와 줄광대를 번갈아 보며 말했다.

"그러지."

흑여래가 짧게 대답하고는 비연의 뒤를 따랐다. 줄광대가 비연과 어깨를 나란히 하고 걸었다.

"자네는 이 꼬마 아가씨를 따라 어디까지 갔다 올 셈인가?"

흑여래가 줄광대의 등에 대고 물었다.

"그림자 탑이 있는 곳까진 갔다 와야 하지 않겠소?"

줄광대가 돌아보지도 않고 말했다.

"비연이 너도 그러냐?"

"예, 기왕에 지켜 주기로 했으면 거기까진 가야 하지 않겠어요? 그리고 청동거울도 잠시 빌린 거니까 도로 받아 와야지요."

비연이 대답했다.

"저 안개 장벽에 난 문을 지나는 게 쉽지만은 않다던데……."

흑여래가 무슨 말인가를 더 할 듯하다가 말끝을 흐렸다. 줄광대와 비연의 얼굴에는 전에 없이 비장감이 감돌았다.

우시장은 시장의 끝 안개 장벽 못미처에 있었다. 기둥에 소와 말, 당나귀, 염소, 양 들이 묶여 있고 사람들이 시끄럽게 흥정을 하고 있었다. 솔본이 초록 빛덩이가 되어 번개같이 왔다 갔다 하자 동물들이 놀라 발을 구르며 울었다.

"솔본, 동물들 놀라게 하지 말고 이리 오너라."

바얀이 부르자 빛이 번쩍하더니 솔본이 바얀 옆에 와서 섰다. 솔본은 얌전히 걸어가는 게 좀이 쑤시는 눈치였다.

"답답하면 내 어깨 위로 올라오십시오."

줄광대의 말이 떨어지기가 무섭게 빛이 번쩍하더니 솔본이 줄광대의 어깨 위에 내려섰다.

유리는 처음 보는 동물 앞에서 걸음을 멈추었다. 몸통은 여우처럼 생겼는데 귀가 길고 입과 긴 앞니가 토끼를 닮아 있었다. 거무스름하게 빛나는 털은 쇠로 된 것 같은 느낌을 주었다. 유리는 그 동물에게 한눈을 파느라 줄광대와 비연으로부터 몇 걸음 뒤처졌다.

"사람 많은 데서 한눈팔다가는 길 잃는다."

흑여래가 유리의 손을 잡아 주며 웃었다.

"저 동물은 뭐예요?"

유리가 신기하게 생긴 동물을 가리켰다.

"여우토끼라고도 하고 쇠토끼라고도 하지. 저 녀석은 쇠를 먹고 살아. 그래서 녀석의 쓸개는 쇠의 정수로 되어 있지. 저 녀석의 쓸개를 섞어서 칼을 만들면 어떤 쇠도 두 토막 낼 수 있는 명검이 되지. 가루를 내어 약재로도 쓴단다. 빈혈에 특효가 있거든. 저 야산이 안개 장벽으로 막히기 전까지는 나도 쇠토끼를 많이 길렀다. 야산에 먹이가 많은데, 안개 장벽이 생기고부터는 이쪽에 먹이가 턱없이 부족해 쇠토끼를 기르기가 어려워졌다. 비연이 내 쇠토끼를 맡아 길렀는데 장벽이 생길 때 장벽 너머 야산에 풀어 주었다. 굶어 죽는 꼴을 볼 수가 없어서였을 거야."

"그림자 탑이 사라지면 안개 장벽도 사라질 겁니다. 그럼 쇠토끼들도 되찾을 수 있겠죠. 줄광대와 비연이 많이 앞선 거 같습니다."

사슴 영감이 말하며 걸음을 옮겼다.

"그런데 줄광대와 비연에게 안개 장벽의 문을 지나게 하는 게 잘하는 일인지 모르겠습니다."

흑여래가 사슴 영감을 따라 걸음을 옮기며 말했다.

"무슨 말씀이신지요?"

바얀이 의아한 표정으로 흑여래를 보았다.

"전에 귀시장 사람 몇이 저 장벽의 문을 지났는데 한 사람을 빼곤 다 미쳤습니다. 그 문을 지날 때 자기에게 가장 마음 아픈 기억이나 마주치고 싶지 않은 자신의 모습을 현실처럼 다시 만난다더 군요. 줄광대도 귀도시로 오게 된 사연이 기구하지만 비연도 목이 잘리게 된 사연이 기가 막히죠."

"어떤……?"

바얀이 흑여래를 보며 조심스레 물었다.

"아버지를 일찍 여의고 어머니가 재혼을 했는데 그 의붓아버지가 비연을 범하려고 했던 모양입니다. 비연이 장도칼을 꺼내 자결을 하려는 과정에서 엉뚱하게 의붓아버지가 칼에 찔려 죽었죠. 그래서 아버지를 죽인 패륜한 자식으로 몰려 목이 잘린 걸 내가 다시 살려 낸 겁니다."

흑여래의 말에 유리는 콧마루가 시큰했다.

'그런 사연이 있었구나. 그런 일을 생생하게 다시 겪는다면 비연 언니가 견딜 수 있을까?'

유리는 앞서 가는 비연의 뒷모습을 보았다. 목에 두른 머플러가 눈에 들어오자 가슴이 불에 덴 듯 아려 왔다.

"저런, 그렇다면 굳이 청동거울을 돌려받으려고 따라올 필요는 없습니다. 제가 가져다 드려도 되니까요."

바얀이 말했다.

"그런데 한편으론 욕심도 납니다. 여기 귀도시에 사는 사람들은 모두 과거에 묶여 사는 사람들입니다. 새로운 미래라는 게 없죠. 그런데 저 두 남녀가 다시 한 번 죽음을 무릅쓰고 자기 과거를 넘어서 사랑으로 맺어질 수 있다면 그것도 아름다운 일 아니겠습니까? 우리 귀도시 사람들로서는 진흙탕 속에 피어난 연꽃 한 송이를 만나는 셈이지요."

흑여래가 연꽃을 앞에 두고 보는 것처럼 가만히 미소를 지었다.

"그렇다면 두 사람의 결심과 운명에 맡기는 게 좋을 것 같습니다. 우리 어린 유리도 그 문을 지나는데 산전수전 다 겪은 줄광대와 비연이 못 지나간다는 법도 없죠."

사슴 영감이 고개를 끄덕이며 말했다.

야산 둔덕은 유리가 생각했던 것처럼 오래된 쓰레기의 산이었다. 오래되어 흙에 덮이고 흙 위에 풀이 자라고 있었지만 군데군데 플라스틱 조각이며 유리병 들이 삐죽삐죽 솟아 있었다. 안개 장벽은 야산 둔덕을 조금 올라가다가 있었다. 줄광대와 비연은 그 안개 장벽에 난 문 앞에 서 있었다.

유리는 줄광대와 비연의 모습을 보자 가슴이 뭉클했다. 나룻배에서 줄광대가 귀도시에 오게 된 이야기를 들을 때부터 무엇인지 모를 아릿한 그리움과 아픔이 가슴 한구석에 자리 잡더니 점점 커져 왔다. 그리고 자기가 모르는 어떤 세계가 있다는 느낌, 자기가 좁은 울타리 안에 갇혀 있는 건지도 모른다는 생각이 가슴을 답답하게 만들기도 했다. 줄광대와 비연은 저 문 안에서 무엇을 보게 될까? 그걸 이겨 낼 수 있을까? 유리는 문득 자기 걱정보다 남의 걱정을 먼저 하고 있는 자신을 발견하고는 혼자서 피식 웃었다.

'저 문으로 들어가면 나에겐 뭐가 나타날까? 난 그걸 잘 이겨 낼 수 있을까?'

잃어버린 기억의 강에서 아빠에 대한 기억을 만났었다. 여기서 혹시 또 다른 아픈 기억을 만나게 되는 건 아닐까, 유리는 덜컥 겁이 났다.

유리는 안개 장벽에 난 문을 올려다보았다. 거대한 문은 액체로 된 거울처럼 보였다. 표면이 일렁이고 있어서 거기에 비치는 모든 것이 괴상하게 일그러지며 모양을 계속 바꾸었다. 유리 일행이 가까이 가자 액체 거울의 표면이 심하게 요동쳤다.

"마음의 결정은 했나? 저 문에 대한 소문은 들어서 알고 있겠지? 저 문으로 들어가면 자기에게 가장 두렵고 어려운 것을 만나게 된다더군. 열 가까운 사람 중에 단 한 명만 빼고 다 미쳤지. 그래서 아무도 막는 자가 없어도 저 문을 지나려는 사람이 없어. 그래도 가겠나?"

흑여래가 심각한 얼굴로 줄광대와 비연을 보았다.

"아무리 두렵고 어렵다고 한들 죽음의 문보다 더하려고?"

줄광대가 씩 웃어 보였다.

"비연, 네가 겪은 일은 끔찍하지만 그걸 알면서 다시 겪는 건 그에 비교도 안 될 만큼 더 끔찍할 수 있어. 지금이라도 마음이 바뀌었으면 안 가도 된다."

흑여래가 비연에게 눈길을 돌리며 말했다. 흑여래의 얼굴에 딸을 지극히 염려하는 아버지의 표정 같은 게 스쳐 지나갔다.

'저런 게 아빠일까?'

유리는 흑여래의 얼굴을 보며 마음이 따뜻해지면서도 한편으로 아파 왔다.

"무슨 일이 생긴다 한들 마음이 빙하 속에 갇혀 얼어붙어 있는 것보다야 낫겠죠."

비연이 차가운 얼굴에 미소를 떠올리며 말했다. 슬퍼 보이는 미소였다.

"알았다. 잘들 이겨 내겠지. 바얀 님과 시장의 신님은 문제가 없을 텐데 우리 꼬마 아가씨가 걱정이구나."

흑여래가 유리에게 눈길을 옮겼다.

"걱정 마십시오. 유리는 푸른 마르인의 후예입니다. 어머니의 숲에서도 산카라와 싸워 우리를 구했죠."

바얀이 유리의 어깨를 두드리며 웃었다. 겁을 먹고 있던 유리는 바얀의 손이 닿자 묘하게 마음이 편해졌다.

"청동거울과 칼을 꺼내라. 문을 통과하는 동안은 누구도 다른 사람을 도와줄 수 없다고 하더구나. 청동거울과 칼이 도움이 될 거다."

흑여래의 말에 유리는 여왕을 위한 칼과 청동거울을 꺼내 들었다. 칼과 청동거울을 꺼내자 거울의 문이 폭발이라도 할 것처럼 격렬하게 요동쳤다. 여왕을 위한 칼도 심하게 떨고 있었다. 흑여래가 여왕을 위한 칼을 유리의 허리춤에 채워 주었다.

"전 이만 여기서 돌아가야겠습니다. 아무쪼록 잘 다녀오십시오."

흑여래가 마지막 인사를 했다. 바얀과 사슴 영감, 솔본이 앞장서서 거울의 문으로 들어갔다. 이어서 줄광대가 들어갔다. 마치 물속으로 들어가는 것처럼 줄광대의 모습이 액체 거울에 잠겨 사라졌다.

"가자, 푸른 마르인의 후예. 잘할 수 있을 거야."

비연이 웃으며 유리의 어깨를 잡았다.

사발통문

타조 청년은 퓨처 컴퍼니 마트 앞에서 서성거렸다. 짙은 안개 속에서 불빛 속으로 홀연히 나타났다 사라지곤 하는 사람들이 유령처럼 보였다. 긴장한 탓인지 배에서 꼬르륵 소리가 났다. 동료들에게 급히 나와 달라고 연락은 했지만 시간을 너무 촉박하게 잡은 터라 얼마나 나올지 걱정이 되었다.

"지구의 종말이 오려고 그러나 날씨가 왜 이렇게 음산해?"

한 친구가 낯선 또래 두 명을 데리고 나타났다.

"어, 왔구나!"

타조 청년이 반갑게 외쳤다.

"당연히 와야지."

친구가 대답했다.

"너무 급하게 연락을 해서 얼마나 나올지 모르겠어."

타조 청년이 걱정을 하자 친구가 안심시켰다.

"걱정 마. 나처럼 아는 사람한테 연락해서 함께 오는 이들도 있을 거야."

다섯 시 이십 분. 타조 청년은 일고여덟 명의 청년들을 데리고 게임방으로 들어갔다. 청년들은 신상품 시연장 가까이에 있는 오락 기기에 자리를 차지하고 앉았다. 유리와 지노가 소란을 피운 뒤라 그런지 시연장 문을 지키는 인원이 둘로 늘어나 있었다.

유인서 선생과 어머니들은 다섯 시 삼십 분이 넘어서 게임방으로 들어섰다. 어머니들이 몰려 들어오자 게임에 열중이던 사람들이 무슨 일인가 힐끔힐끔 곁눈질을 했다. 어머니들은 곧장 시연장을 향해 달려갔다.

"무슨 일입니까? 여기는 관계자 외에는 들어갈 수 없습니다."

달팽이 모자 둘이 어머니들 앞을 막아섰다.

"우리 애가 여기 다녀와서 다 죽어 가는데 당신들 무슨 짓을 하는 거야?"

미니 엄마가 소리를 지르자 달팽이 모자들은 당황했다. 그사이 다른 어머니들이 시연장의 문을 열려고 하자 달팽이 모자 하나가 못 열게 막아섰다.

"아이고, 우리 애를 잡더니 이제 나까지 잡으려 드네?"

다리 하나를 문틈으로 집어넣은 어머니가 누구라도 들으라는 듯 소리를 질렀다. 그러자 타조 청년과 친구들이 여기저기서 일어나 시연장 쪽으로 모여들었다.

"아니, 무슨 일인데 폭력을 쓰고 그럽니까?"

타조 청년과 친구들이 끼어들어 문을 잡고 있는 달팽이 모자를 잡아당겼다. 그러자 문이 열리며 어머니들이 우르르 시연장 안으로 들어갔다.

"여기는 들어오시면 안 됩니다."

시연장 안에 있던 달팽이 모자 서넛이 어머니들을 막고 나섰다.

"이곳은 업무상 비밀이 보호되는 구역입니다. 나가 주세요."

"업무상 비밀? 아이들 정기를 빼먹는 게 업무상 비밀이야?"

달팽이 모자들과 어머니들이 옥신각신 실랑이를 벌였다.

"왜 멀쩡한 신사분들이 여자분들을 윽박지르고 그래요?"

어머니들을 따라 들어온 타조 청년 일행이 달팽이 모자들에게 항의했다. 타조 청년 일행을 따라 구경꾼들까지 시연장 안으로 들어오자 달팽이 모자들은 거의 포기 상태가 되었다. 그 틈에 어머니들 일부가 달팽이 모양의 오락 기기가 있는 대 위로 올라가 핸드폰 카메라로 사진을 찍었다.

"여기 있는 것은 산업 기밀입니다. 찍지 마세요! 산업 기밀 보호법 위반으로 고발하겠습니다."

달팽이 모자들이 당황해서 대 위로 뛰어 올라갔다. 다른 어머니들도 뒤따라 올라갔다.

"이게 산업 기밀이면 살인자의 총과 칼도 산업 기밀이고 히틀러의 가스실도 산업 기밀이다!"

어머니 중 하나가 소리치자 구경꾼들 사이에서 웃음이 터졌다.

타조 청년 일행은 육면체 대 밑에 난 문을 열었다. 문 안쪽엔 그림자의 미라가 줄지어 있고 복잡하게 얽힌 선들이 그림자의 미라와 천장을 잇고 있었다.

"촬영 금지입니다! 산업 기밀이에요."

핸드폰 카메라가 계속해서 번쩍거리자 안에 있던 달팽이 모자가 놀라 소리쳤다. 타조 청년 일행은 카메라 플래시를 계속해서 터뜨리며 뒷걸음질 쳐 문밖으로 나왔다.

"여기부터 막아!"

그곳의 책임자로 보이는 달팽이 모자가 문밖으로 나오며 소리쳤다. 대 위에 있던 달팽이 모자들이 아래로 내려왔다. 하지만 타조 청년 일행은 이미 구경꾼들 틈에 섞인 뒤였다. 어머니들도 구경꾼 사이를 헤집고 빠져나가고 있었다.

"사진 유출되면 안 돼! 못 나가게 막아! 경비 모두 불러!"

대 밑에 있던 책임자가 다시 소리쳤다. 달팽이 모자들이 구경꾼들을 헤집고 나가려 했지만 타조 청년과 같이 온 친구들이 큰 소리를 치며 막아섰다.

"왜 이렇게 밀어요?"

"어? 저 사람, 저 사람, 카메라로 지하실을 찍었어. 한패인 것 같으니까 잡아서 조사해."

구경꾼들에게 막혀 안달을 하던 달팽이 모자가 손가락질을 하며 소리쳤다.

"핸드폰 좀 봅시다."

달팽이 모자들이 타조 청년의 친구들을 포위했다.

"당신들이 뭔데 남의 핸드폰을 마음대로 보자고 해요? 달팽이
모자 썼다고 눈에 보이는 게 없어요?"

"핸드폰 없어요. 집에 두고 왔다니까요.'"

달팽이 모자들은 두 청년에게서 핸드폰이 나오지 않자 당황했다.

작은 빵집 안은 조금 전 게임방을 급습한 어머니들의 왁자지껄
한 무용담과 걱정 소리로 가득했다.

유인서 선생과 타조 청년은 어머니들과 청년들에게서 건네받은
여러 대의 핸드폰을 꺼내 하나하나 들여다보았다. 지노와 미니도
옆에서 거들었다.

"이게 그림자의 미라구나. 그림자의 미라는 이거랑 이게 선명하
게 나왔어요."

지노가 핸드폰 두 개를 들어 보였다.

"그래? 그 사진, 선생님 핸드폰으로 보내 주렴."

유인서 선생이 부탁했다.

"달팽이 모양 기기는 조명이 밝아서 다 잘 찍혔네요."

타조 청년이 어머니들의 핸드폰을 살펴보며 말했다.

"그럼 그 사진도 몇 장 내 핸드폰으로 보내 줘. 아무래도 지금
신부님들 만나러 가 봐야 할 것 같으니까."

"저도 같이 가요."

이한나 씨가 일어서는 유인서 선생을 따라 채비를 했다.

이한나 씨와 유인서 선생은 피라미드 타워 부근의 한식당으로 갔다. 종업원의 안내를 받아 들어간 방에서는 매부리코와 닥터 박, 미카엘 신부와 요셉 신부가 기다리고 있었다.

"퓨처 컴퍼니에 갔던 일은 잘되었어?"

유인서 선생이 자리에 앉으며 물었다.

"잘되긴. 예상은 했지만 해도 너무하더군. 완전히 퓨처 컴퍼니 홍보 행사에 들러리 선 꼴이야. 기자들까지 이미 대기를 시키고 있었어. 아마 내일 신문이나 방송에 퓨처 컴퍼니의 자선사업이 대문짝만 하게 나올걸."

닥터 박이 허탈하게 웃었다.

"노숙자분들은 만나서 이야기를 해 보았나요?"

이한나 씨가 요셉 신부 쪽으로 눈길을 돌렸다.

"만나 보았죠. 겉보기에는 좋아 보여요. 건강도. 그런데 하는 말이 다 똑같아요. 대화가 되지를 않았습니다. 정신적으로는 벌써 좀비나 다름없었어요."

요셉 신부가 대답했다.

"동공이 크게 확대되어 있었어요. 마약을 한 환자들의 동공이 그렇지요. 온전한 정신이 없는 상태란 뜻이에요."

닥터 박이 덧붙였다.

"그 사람도 만나 보셨나요?"

이한나 씨가 망설이다 물었다.

"그 사람요? 김영일 씨 말이군요. 만나 보았습니다. 상태는 마찬

가졌어요. 자극을 주려고 유리 사진을 보여 주었더니 반응을 보이더군요. 하지만 제대로 말할 수 있는 상태는 아니었습니다. 반응이 격렬해지니까 면담을 중지시키고 데려갔습니다. 아무래도 생각을 달리 해야겠습니다. 노숙자분들 상태로 볼 때 시간이 많지 않아요."

닥터 박이 심각한 표정으로 고개를 흔들었다.

"생각을 달리 한다니, 어떻게요?"

이한나 씨가 울 듯한 표정으로 물었다.

"퓨처 컴퍼니에서 계속 숨기며 오리발을 내미는 판에 확실한 증거를 확보하는 건 시간이 너무 많이 걸릴 것 같단 말이죠. 그렇게 시간을 보내기엔 노숙자분들 상태가 너무 심각해요. 일이 다 터진 다음에 증거를 확보한들 뭐하겠어요? 지금의 자료들을 가지고 '의심이 든다' 수준에서라도 인터넷에 적극적으로 퍼뜨려야 할 것 같아요. 많은 사람의 힘을 믿어 보는 수밖에요."

닥터 박이 결심이 섰다는 듯 말하고는 입을 다물었다.

"나도 같은 생각이야. 이것 좀 보게. 다들 돌려 가며 보세요."

유인서 선생이 핸드폰 화면에 시연장에서 찍은 사진을 띄워 닥터 박에게 건넸다.

"이게 타조가 말한 그림자의 미라라는 건가? 그런데 이 달팽이 모양의 기기는 또 뭡니까? 이걸 어디서 찍었어요?"

매부리코가 눈을 크게 뜨고 유인서 선생을 보았다.

"퓨처 컴퍼니 마트 지하 게임방에서 찍은 겁니다. 신상품 시연장이라는 밀실에 이런 게 있었어요. 미래교육카드에 실패한 아이들에게 이 기기를 타면 포인트를 올려 주는 모양입니다. 우리 반 애들 중에도 여기 드나드는 애들이 있는데 한 아이가 오늘 거기 다녀오다가 쓰러졌어요. 다른 아이들도 탈진 증세를 보이고요. 그래서 이 기기들이 퓨처 컴퍼니의 의료 신기술과 관련이 있는 게 아닌가 의심된다는 거죠. 이 사진들을 보면 달팽이 모양의 기기와 그림자의 미라가 복잡한 선과 파이프로 연결된 걸 알 수 있어요."

유인서 선생이 전후 사정을 자세히 이야기했다.

"퓨처 컴퍼니에서 왜 아이들에게까지 이런 짓을 하는지 정말 이해가 안 돼. 그렇게까지 비이성적인 짓을 할 데는 아닌데 말이야. 퓨처 컴퍼니 내부에 무슨 큰 문제가 생긴 거야. 차라리 그런 거라면 싸우기가 쉽겠지만 만약 퓨처 컴퍼니가 제정신으로 이런 짓을 한 거면 골리앗과 다윗의 싸움이 될 거야."

닥터 박이 얼굴을 찌푸린 채 고개를 저었다.

"무슨 말씀입니까?"

미카엘 신부가 물었다.

"이런 말도 안 되는 일을 벌인 게 퓨처 컴퍼니 안의 일부 세력이라면 해결이 쉬울 거라는 얘기죠. 인터넷 등을 통해 좋지 않은 여론이 형성되고 반발하는 사람이 많아지면 도마뱀 꼬리 자르기 식으로 일부 세력을 쳐 내고 사과를 하면 되니까요. 하지만 퓨처 컴퍼니 전체가 이 일을 벌인 거라면 퓨처 컴퍼니 자체의 생사가 걸린 일이라 모든 힘과 수단을 동원해서 문제 제기 자체를 없던 일로 만들 겁니다. 그러면 상상할 수 없을 정도로 힘든 싸움이 되겠죠."

"그래도 다윗이 골리앗에게 이기지 않았습니까? 아무리 힘들어도 피할 싸움은 아닌 것 같은데요?"

미카엘 신부의 말에 모두 모처럼 기분 좋게 웃었다.

"그래서 신부님들께 죄송한 부탁을 드려야겠는데요……."

유인서 선생이 말을 끌며 신부들을 보았다.

"무슨 부탁인데요? 말씀해 보세요."

면담에 참여했던 요셉 신부가 웃으며 유인서 선생을 보았다.

"지금 일어난 일들을 글로 정리해서 인터넷에 올릴 때 개인 이름으로 올리면 퓨처 컴퍼니의 압력이 워낙 커서 개인이 버티기 어려울 겁니다. 그래서 드리는 말씀인데 신부님들 공동 명의로 인터넷에 최초의 글을 올리는 게 어떨까 싶어서요."

유인서 선생의 말에 방 안의 사람들이 신부들을 바라보았다.

"그렇겠네요. 모두 가족도 있고 하는 일도 있으니 퓨처 컴퍼니가 마음먹고 달려들면 견디기 어렵겠죠. 저희야 하느님께 모든 걸 바친 몸이니까 그런 부담은 없죠. 좋습니다. 저희가 져야 할 짐이라면 기꺼이 져야죠. 다른 신부님들도 흔쾌히 뜻을 같이할 겁니다. 나이 드신 신부님들과의 의견 충돌이 부담이 되긴 합니다만 사실이 사실대로 드러나면 나중에라도 이해를 하시겠죠. 그런데 어떻게 해야 되는 거죠?"

미카엘 신부가 물었다.

"인터넷 토론 광장에 사발통문이란 게 있어요. 거기 올리시는 게 어떨까요? 많은 사람이 보니까요. 우리 쪽에서도 사람들을 동원해 다른 사이트로 퍼 나르고요. 트위터에도 동시다발로 올리는 겁니다."

매부리코가 끼어들었다.

"글 내용은 지금 젊은 친구들이 만들고 있으니까 읽어 보시고 고칠 게 있으면 고쳐서 올리시면 됩니다. 오늘 밤 올리면 내일쯤은 알 만한 사람은 다 알게 될 겁니다."

유인서 선생이 한숨 돌렸다는 표정으로 말했다.

너는 나

　유리는 비연을 따라 거울의 문 속으로 들어갔다. 캄캄했다. 암흑 속에서 어깨에 놓여 있던 비연의 손이 어느 순간 느껴지지 않았다. 갑자기 커다란 얼음덩어리가 유리의 가슴속으로 툭 떨어졌다. 온몸에 소름이 돋았다.

　"비연 언니!"

　불렀지만 대답이 없었다. 여왕을 위한 칼이 심하게 떨고 있었다. 유리는 여왕을 위한 칼을 칼집에서 뽑아 들었다. 칼이 푸르스름한 빛을 내자 앞쪽에 희미한 모습이 보였다. 칼을 들고 있는 유리 자신이었다.

　"앞에 거울이 있는 건가?"

　유리는 한 걸음 내디디려 했다. 그런데 발이 뜻대로 움직이지 않았다.

"틀렸어. 넌 거울 속에 있는 거야."

칼을 들고 있는 유리의 모습이 어느새 수현이로 바뀌어 있었다.

"내가 거울 속에 있다고?"

"그래. 너는 거울 속의 내 그림자야. 내가 움직이는 대로 움직일 수밖에 없어."

수현이가 말하며 칼을 쥔 손을 폈다. 그러자 칼을 든 유리의 손이 의지와는 상관없이 수현이의 손을 따라 펴졌다. 칼이 바닥에 떨어졌다. 유리는 움찔했다. 떨어지는 칼이 날카로운 소리를 낼 것 같아서였다. 그런데 바닥에서 튀어 오르는 칼은 소리를 내지 않았다. 소리 없이 튀어 올랐다가 바닥을 구르는 칼이 섬뜩했다.

"칼이 떨어지는 소리가 들리지 않았지? 거울 속엔 원래 소리가 없는 법이지. 너는 나야. 나의 텅 빈 그림자. 하하하하."

수현이가 비아냥거리며 웃음을 터뜨렸다.

'아니야! 네가 내 그림자야!'

유리는 목청껏 소리쳤다. 하지만 그것은 소리가 되어 나오지 않았다.

"그래? 그럼 네 팔다리를 움직여 봐, 네 마음대로 움직일 수 있는지."

유리는 팔과 다리, 목을 움직여 보려고 힘을 잔뜩 주었다. 하지만 몸은 꼼짝하지 않았다. 힘을 너무 주어 여기저기가 뻐근했다.

'정말 내가 거울 속에 있는 건가?'

유리는 가슴이 서늘해졌다.

"그래, 너는 거울 속에 있어. 넌 원래 거울 속에 있던 거울 속의 그림자야."

수현이가 유리를 무섭게 쏘아보았다.

'나는 정말 뭐지? 정말 거울 속에 있는 그림잔가? 그럼 그동안 의 나는 뭐였지?'

마치 차가운 액체 거울을 삼키는 것처럼 싸늘한 공포가 유리의 식도를 타고 흘러내렸다. 공포가 몸을 훑고 지나가자 유리는 자신 이 텅 비어 버리는 느낌이 들었다. 텅 비어서 부피감을 잃고 평면 이 되어 버리는 느낌.

"내가 이 거울 앞에서 사라지면 너의 존재는 자취도 없이 사라 지는 거야. 아니면 내 그림자가 되어 나를 따라오든가."

'아니야!'

"믿어지지 않니? 한번 볼까?"

수현이가 한쪽 팔을 올렸다. 수현이의 한 손이 거울 밖으로 나 갔는지 보이지 않았다. 수현이가 들어 올린 자기의 팔 쪽으로 고 개를 돌렸다. 유리는 고개를 돌리지 않으려고 목이 아플 정도로 힘을 주었지만 허망하게도 고개는 수현이의 고개를 따라 저절로 돌아갔다.

"자, 나처럼 들어 올린 팔을 봐. 나는 손이 보여. 나는 거울 밖 에 있으니까. 그런데 너는 손이 없지? 너는 거울 속에 비친 내 그 림자니까 내가 거울 앞에서 사라지는 순간 넌 없어지는 거야. 하 하하하."

'아악!'

유리는 비명을 질렀다. 새카만 암흑이 뚝 잘라 먹은 것처럼 유리의 들어 올린 팔에 손이 없었다. 차라리 손이 잘려 피가 줄줄 흐르는 팔목이 거기 있었으면 싶었다. 온몸의 피가 빠져나간 것처럼 현기증이 났다.

'난 거울 속의 그림자가 아니야! 이건 속임수야!'

유리는 속으로 부르짖었다.

"그래 봤자 소용없어. 너는 나야. 내게로 와."

수현이가 유리를 정면으로 보며 들어 올렸던 팔을 앞으로 뻗었다. 유리의 팔도 수현이를 따라 앞으로 뻗어 나갔다. 수현이가 한 걸음 다가오자 유리도 한 걸음 다가갔다.

그때 유리는 무언가를 보았다. 청동거울을 든 팔만은 아까부터 움직이지 않고 있었다. 유리는 청동거울을 든 손의 손가락을 움직여 보았다. 움직여졌다. 앞으로 걸어 나오던 수현이가 제자리에 멈추어 섰다. 수현이의 표정이 굳어 있었다. 그러고 보니 수현이의 손가락이 유리가 움직이는 대로 따라 움직인 것 같았다.

'그래, 청동거울이 도움이 될 거라고 했어.'

유리는 흑여래의 말을 떠올리며 청동거울을 든 팔을 올려 보았다. 마음먹은 대로 움직일 수 있었다. 청동거울을 든 유리의 팔이 올라가자 수현이의 팔도 따라서 올라갔다. 그러자 마비되어 있던 몸이 풀리는 것 같았다. 유리는 후다닥 뒤로 물러났다. 수현이도 똑같이 뒤로 물러났다. 수현이의 표정이 일그러져 있었다.

"아니야! 나는 거울 속의 네 그림자가 아니야! 네가 내 그림자
야!"

유리가 소리쳤다.

"이런, 내가 거울 속에 갇혀 버렸군. 그것도 괜찮지. 내가 거울
속에 갇히면 유리 너는 거울의 방에 갇히는 거니까. 하하."

수현이의 비웃음과 함께 주위가 밝아지며 위아래와 사면이 모
두 거울로 된 방이 드러났다. 유리는 그 가운데에 서 있었다. 거울
은 서로 반대편 거울을 비추고 있고 거울마다 수현이의 모습이 끝
도 없이 늘어서 있었다.

'거울로 밀폐된 방?'

문득 거울로 된 무덤에 갇혔는지도 모른다는 생각이 유리의 머
리를 스쳤다. 숨이 막힐 것 같은 공포가 밀려왔다. 어지러웠다.

'빠져나가는 방법은 단 하나야. 네가 내가 되는 것. 네가 내 그
림자가 되면 빠져나갈 수 있지. 아니면 여기서 영원히 그림자놀이
를 해 보는 것도 괜찮고. 흐흐흐흐.'

수현이의 목소리가 음산하게 울려 퍼졌다.

"아니야!"

유리는 여왕을 위한 칼을 주워 들고 거울을 향해 달려들었다.
거울을 깨뜨릴 작정이었다. 유리가 거울에 부딪치려는 순간 거울
면이 출렁거리며 거대한 악어용의 입 모양으로 움푹 패어 들어갔
다. 유리는 소스라치게 놀라 튕겨 나오듯 물러났다.

'네가 내가 되는 것, 그것 외엔 여길 빠져나갈 방법이 없다, 유—

리. 하하하하.'

순간 유리는 욱하고 뜨거운 것이 치밀어 올라 사방의 거울을 향해 여왕을 위한 칼을 휘둘렀다. 거울 벽들이 출렁이며 악어용과 그림자 개, 산카라의 모양을 멋대로 만들어 냈다. 허깨비와 싸우는 꼴이었다. 유리는 기진맥진해서 바닥에 드러누웠다. 그러자 바닥의 거울 면이 출렁하며 거대한 악어용의 아가리를 만들었다. 유리는 꼼짝없이 악어용에게 먹히는 꼴이 되었다.

"이렇게 끝나는 건가? 그래, 그럴 수도 있지."

유리는 가쁜 숨을 가라앉혔다. 그러자 뜻밖에도 마음이 한가로워지며 비연과 줄광대 생각이 났다.

'비연 언니와 줄광대 아저씨는 어떻게 되었을까? 둘 다 이곳을 빠져나가야 하는데…….'

유리는 비연과 줄광대가 귀도시로 오게 된 사연을 떠올려 보았다. 가슴 한구석이 뭉그러지는 듯한 아픔과 함께 아련한 그리움이 마음을 채워 왔다.

'그 옛날의 끔찍하고 가슴 아픈 일들이 되풀이된다면 견뎌 낼 수 있을까?'

그런 생각을 하자 거기에 반응이라도 하듯 청동거울이 빛을 내기 시작했다. 그리고 거울의 방이 원래 모습으로 돌아왔다. 유리는 자리에서 벌떡 일어났다.

"그래, 청동거울은 모든 것의 본모습을 비춘다고 했어."

유리는 청동거울에 제 모습을 비춰 보았다. 유리 자신이 청동거울 속에 흐릿하게 나타났다.

"그래, 나는 나야."

유리는 미소를 지었다.

유리는 청동거울에 거울 속의 수현이를 비춰 보았다. 수현이의 모습이 흐릿하게 비치는가 싶더니 심하게 흔들렸다. 그러고는 서서히 초점이 잡히더니 불현듯 이한나 씨의 모습이 나타났다.

"엄마?"

유리는 깜짝 놀라 하마터면 청동거울을 떨어뜨릴 뻔했다.

청동거울 속의 이한나 씨가 다시 심하게 흔들리더니 사라져 버렸다. 청동거울 속은 텅 비었다.

"그래, 수현이 너는 아무것도 아니야. 없는 거야."

유리는 거울 벽으로 눈길을 돌렸다. 거울 속엔 이제 수현이 대신 유리의 모습이 비치고 있었다.

"거울 속엔 당연히 내 모습이 비쳐야지."

유리는 사방을 돌아보았다. 사방의 거울이 서로서로를 되비치며 유리의 모습이 사방과 위아래에 까마득히 줄지어 서 있었다.

"여길 어떻게 나가야 하지?"

유리는 가슴이 답답했다. 뭔가 해결의 실마리를 찾았나 했더니 제자리로 돌아와 버린 느낌이었다.

"엄마는 왜 나타났던 거야?"

유리는 청동거울을 다시 들여다보았다. 유리의 모습이 청동거울 속에 희미하게 비쳤다. 거울 속 유리의 모습이 점점 또렷해지더니 문득 돌아서 뒤로 걸어가기 시작했다.

"어? 어떻게 된 거야?"

유리는 주위를 두리번거렸다. 거울의 방은 사라지고 어느 골목 길이었다.

"내가 청동거울 속으로 들어온 건가?"

유리는 앞쪽을 보았다. 노란 원피스를 입고 노란 가방을 든 꼬마가 걸어가고 있었다. 어릴 적의 유리였다. 꼬마 유리는 골목 끝에 있는 파란 대문으로 들어갔다.

"왔니?"

마루에서 다림질을 하고 있던 여자가 돌아보았다. 젊을 때의 이한나 씨였다. 그런데 꼬마 유리를 보는 이한나 씨의 표정이 일그러졌다.

"너 옷이 왜 그 모양이니? 제대로 입고 다녀야지! 빨리 올라와 옷 갈아입어."

이한나 씨가 올라오라고 손짓을 했다.

"엄마 또 왜 그래? 무서워. 이 옷 엄마가 아침에 입혀 준 거잖아."

꼬마 유리가 뒤로 물러났다. 꼬마 유리의 공포감이 전해져 유리도 얼굴이 파래졌다.

"얘가 무슨 소리 하는 거야? 내가 언제? 빨리 안 올라와?"

이한나 씨가 무서운 얼굴로 소리를 질렀다. 꼬마 유리는 주춤주춤 마루로 올라갔다. 이한나 씨가 거칠게 유리의 옷을 벗기고 남자아이의 옷을 갈아입혔다. 어디선가 본 티셔츠. 맞아! 여왕을 위한 칼을 쌌던 그 티셔츠! 유리는 속으로 부르짖었다.

"봐라, 얼마나 멋지니?"

이한나 씨가 전신 거울 앞에 유리를 세웠다. 거울 속에 비친 꼬마 유리의 모습을 보자 유리는 등에 식은땀이 흘렀다. 남자아이의 옷을 입은 꼬마 유리의 모습은 그 어두운 표정까지 수현이와 똑 닮았다.

"수현이가 정말 나였던 거야?"

유리의 손이 스르르 풀리며 청동거울이 손에서 미끄러졌다.

"그래, 나는 너고 너는 나야."

유리는 어느새 다시 거울의 방 가운데 서 있었다. 거울에는 수현이가 나타나 있었다.

"엄마는 왜 내가 싫어하는데 남자아이 옷을 입혔던 거지?"

유리는 청동거울을 집어 들었다. 유리의 모습이 희미하게 비치더니 어떤 아이의 방이 나타났다. 꼬마 유리가 침대에서 자고 있었다. 아니, 자는 척하고 있었다. 중절모를 쓴 아빠가 새끼 고양이를 안은 채 잠든 꼬마 유리의 얼굴을 들여다보고 있었다.

"아빠만 아픈 게 아니라 엄마도 아프단다. 엄마는 가끔 너를 딴 아이로 착각을 해. 이름을 붙여 주기도 전에 죽은 너의 쌍둥이 남동생이야. 엄마는 그 애가 죽은 걸 잊어버리고 너를 그 애라고 생각하는 것 같아. 그래서 네가 싫어하는데도 남자아이 옷을 입히려고 그러는 거란다. 하지만 너무 걱정하지 마라. 엄마는 곧 나을 거야. 힘들어도 조금만 참아. 아빠가 없어도 이놈이 지켜 줄 거다.

이 녀석은 고양이 중의 고양이인 마르인이야. 우리 유린 잘할 수 있을 거야. 미안하다. 잘 있어."

아빠가 꼬마 유리의 품에 새끼 고양이를 넣어 주고는 꼬마 유리의 이마에 뽀뽀를 했다. 그러고는 큰 가방을 메고 방을 나갔다. 꼬마 유리는 이불 속에 몸을 웅크린 채 새끼 고양이를 껴안고 울고 있었다.

아빠를 만나고 싶으면 귀도시로 오라는 수현이의 쪽지가 떠올랐다. 그리고 어쩌면 그것이 다가 아니었다.

유리는 청동거울에서 눈을 뗐다. 눈에서 눈물이 떨어져 내렸다. 거울의 방 거울 속에서는 수현이가 시무룩한 표정으로 서서 유리를 보고 있었다.

"그래, 나는 너고 너는 나야."

유리는 거울 속의 수현이를 향해 한 걸음 다가갔다.

'오지 마!'

수현이의 목소리가 유리의 마음속을 울렸다. 수현이는 두려워하고 있었다. 도망치려 안간힘을 쓰는데 몸이 마음대로 움직이지 않는지 유리가 다가가는 만큼 똑같이 다가왔다.

"그래, 나는 푸른 마르인의 후예야. 두렵지 않아!"

유리가 소리치며 거울 속의 수현이를 향해 뛰어들었다. 그러자 무언가 텅 비어 있는 것이 자기 속으로 들어와 하나가 되는 느낌이었다. 그리고 그 텅 빈 것을 채우기라도 하려는 듯 유리의 가슴속에서부터 쿵쿵 뜨거운 불길이 온몸으로 퍼져 나가기 시작했다.

"크─헝!"

유리의 입에서 뜨거운 불을 뿜어내는 듯한 포효가 터져 나왔다.

그러자 거울의 방이 녹아내리며 커다란 수은 방울들로 흩어졌다.

쓰레기의 산

바얀과 사슴 영감은 쓰레기의 산 중턱쯤에서 거울의 문을 지켜보고 있었다. 거울의 문은 끊임없이 출렁이고 있었다. 시간이 꽤 흘렀지만 거울의 문을 빠져나오는 이는 없었다. 솔본은 거울의 문 근처를 정신없이 왔다 갔다 하고 있었다.

"흑여래 님의 말대로 사람이 저 문을 통과하는 건 꽤 어려운 모양입니다. 시간이 많이 걸리네요."

바얀이 걱정스러운 목소리로 말했다.

"사람은 누구나 마음의 상처가 있고, 사람에게 제일 어려운 건 자기 자신을 이기는 거니까요. 쉽기야 하겠습니까만 다들 잘 이겨낼 겁니다."

사슴 영감이 말하는데 거울의 문이 크게 출렁이더니 줄광대가 문을 빠져나오며 땅바닥에 털썩 주저앉았다. 솔본이 번쩍하더니 옆에 가 서며 줄광대의 얼굴을 들여다보았다.

"어떤가?"

사슴 영감이 다가가며 물었다.

"두 번 죽는 일인데 쉽겠어요? 비연도 걱정이고 유리도 걱정입니다. 유리는 너무 어리고, 비연은 정말 두 번 죽는 거잖아요."

줄광대가 거울의 문을 보며 말했다.

"너무 걱정 말게. 세월이 약이야. 비연도 귀도시에 온 지 이백 년은 넘었다고 하지 않았나? 그 정도면 아픔도 희미해지는 법이니까."

사슴 영감이 줄광대의 어깨를 토닥여 주었다.

그때 다시 한 번 거울의 문이 출렁이더니 비연이 비틀거리며 문을 빠져나왔다. 솔본이 번쩍하며 나타나 비연의 한쪽 팔을 받쳤다. 줄광대도 달려가 비연을 부축해 앉혔다. 비연은 머플러를 풀고 목에 빙 둘러 난 흉터를 한동안 어루만졌다.

"열에 아홉이 미쳤다는 게 이해가 돼요. 유리 같은 어린아이에게 이 문을 지나게 하는 건 너무 가혹한 일 아닌가요?"

비연이 휴— 한숨을 쉬고는 거울의 문을 주시했다. 솔본도 초조한지 거울의 문 주위를 점점 빠르게 왔다 갔다 하고 있었다.

"유리는 어머니의 숲에서 산카라와의 전쟁을 이겨 낸 아이야."

바얀이 자기최면이라도 걸듯 중얼거렸다.

그때 거울의 문이 폭발이라도 하듯 앞으로 솟구쳐 나오더니 온몸이 푸른 불꽃으로 뒤덮인 푸른 마르인이 튀어나왔다. 푸른 마르인은 푸른 불꽃을 뿜어내는 눈으로 안개 너머를 보며 '크—헝—!'

하고 길게 포효했다.

"전설인 줄만 알았더니 푸른 마르인이 정말 있었어."

비연이 푸른 마르인을 바라보며 입을 다물지 못했다.

푸른 마르인의 포효는 온 곳에 메아리치며 안개 속으로 퍼져 나갔다. 그에 대답이라도 하듯 끼—약— 하고 날카롭게 우는 소리가 들려왔다. 그 소리는 안개와 뒤엉키며 가슴 깊이까지 음산하게 파고들었다.

"이런 울음소리는 다시 듣고 싶지 않군."

사슴 영감이 몸을 떨며 중얼거렸다.

푸른 마르인의 불꽃이 희미해지더니 유리의 모습으로 변했다. 솔본이 유리의 얼굴 주위를 왔다 갔다 하며 힐끔거렸다.

"솔본, 정신없어. 가만히 있어."

유리가 솔본에게 핀잔을 주었다.

"모두 무사히 빠져나왔네요?"

비연과 줄광대를 발견한 유리의 얼굴이 환해졌다.

"내가 유리를 보호하는 게 아니라 유리가 나를 보호해야겠는데?"

비연이 다가와 유리의 손을 꼭 쥐었다.

"힘들었을 테니 잠시 쉬었다 출발합시다."

사슴 영감이 일행을 둘러보며 말했다.

"아까 산카라의 울음소리를 들어 보니 우리가 상대할 수 없을 정도로 강해진 것 같습니다."

바얀이 말했다.

"우리 걱정은 마십시오. 산카라는 신들의 시장에 갈 때까지는 나와 유리를 어쩌지 못합니다. 다만 우리를 포로로 잡아 자기 뜻대로 움직이게 하려는 것 정도겠죠."

사슴 영감이 별거 아니라는 듯 웃었다.

"유리야, 어머니의 숲 여왕님과 하라를 불러내라. 마르인 마차도. 이제부터는 우리 힘만으론 어려울 거야. 어머니의 숲 여왕님이 기다리던 때가 된 것 같구나."

바얀이 유리를 보며 말했다. 유리는 그 '때'라는 것이 무엇인지는 알 수 없었지만, 어머니의 숲 식구들을 만난다는 생각에 얼른 인형들을 꺼내 주문을 외웠다.

"게겔 투야 도슈흔 돌리에오 무지개의 발. 게겔 투야 도슈흔 돌리에오 무지개의 발. 게겔 투야 도슈흔 돌리에오 무지개의 발."

주문을 외자 인형들이 푸른빛을 내더니 어머니의 숲 여왕과 하라와 마르인 마차가 모습을 나타냈다.

"유리야, 여기까지 잘 와 주었구나. 시장의 신님, 오랜만에 뵙는군요."

어머니의 숲 여왕이 유리의 머리를 쓰다듬으며 일행에게 가볍게 고개를 숙여 인사했다.

"여기는 처음 와 보는군. 귀도시도 옛날 성 지역까지는 사람 사는 냄새가 나는데 이 신도시 지역은 살아 있는 것들의 냄새가 나지 않아. 황량한 폐허일 뿐이야."

하라가 주위를 둘러보며 혀를 찼다.

"마르인 마차까지 왔으니 출발해도 될 것 같습니다. 줄광대 자네는 나와 마차 지붕에 타는 게 어떻겠나?"

바얀의 말에 줄광대가 고개를 끄덕이며 마차 지붕으로 올라갔다.

"나도 지붕 위에 타는 게 좋겠습니다, 한데서 지내는 게 버릇이 되어서. 게다가 바얀 님의 모닥불이 있으니 더할 나위 없지요."

사슴 영감이 웃으며 사슴 인형을 바닥에 내려놓고 무어라고 중얼거렸다. 그러자 사슴 인형이 살아 있는 사슴이 되더니 하라의 말 앞으로 뛰어나갔다.

"잠시 기다려라."

사슴 영감의 말에 사슴이 뒤를 돌아보았다.

"그래그래, 너무 재촉하지 마. 준비가 덜 됐잖니."

사슴 영감이 타이르며 마르인 마차 지붕으로 올라갔다.

여왕과 유리, 비연이 올라타자 마차가 비탈을 달려 올라가기 시작했다. 맨 앞에는 사슴이 뿔 사이에 불덩이를 만들어 이고 안개를 뚫고 나아갔다. 그 뒤를 검은 무사 하라가 말을 몰아 달려가고 그 뒤를 솔본의 초록 빛덩이와 마르인 마차가 달렸다.

쓰레기의 산은 생각보다 높고 가팔랐다. 위로 올라갈수록 마차의 속도가 느려지더니 마침내 제자리에 멈추어 섰다. 어디선가 재갈재갈 아이들이 떠드는 소리가 들렸다.

"뭔가가 우리를 가지 못하게 발밑에서 달라붙는 것 같습니다!"

하라가 당황한 표정으로 마차 쪽을 돌아보며 소리쳤다. 갓난아이처럼 생긴 투명한 형체들이 말의 네 다리에 무수히 들러붙어 기어오르고 있었다. 온 바닥이 투명한 형체로 가득했다.

"저게 뭐지?"

비연이 깜짝 놀라 마차에서 내리려 했다.

"너희는 마차에서 기다려라. 불쌍한 것들. 저건 태어나기 전이나 태어나자마자 버려진 아이들이야. 이 쓰레기 더미 속 어디엔가 살지도 죽지도 않은 채로 있었겠지."

어머니의 숲 여왕이 말하며 마차에서 내려 몇 걸음 걸었다. 그러자 투명한 형체들이 여왕을 향해 몰려들더니 발목을 타고 가슴께까지 기어 올라갔다. 투명한 갓난아기의 형체들은 젖을 먹기라도 하려는 듯 여왕의 젖가슴으로 맹렬하게 모여들었다. 여왕은 투명한 젤리 더미에 가슴께까지 빠진 모양이 되었다. 어머니의 숲 여왕이 나지막한 소리로 자장가를 부르기 시작했다.

꽃의 아가들은 꽃의 씨방에서
물의 아가들은 옹달샘의 가슴에서
사슴의 아가들은 어미 사슴의 품 안에서
두루미의 아가들은 어미 두루미의 깃털 아래서
잠이 드네.

꽃과 물과 사슴과 두루미와
그 모든 어미는 대지의 아이들,

어머니 대지의 품 안에서 잠이 드네.

어머니의 품에 안겨
어머니의 어머니인 대지의 품에 안겨
아가들은 잠이 드네.

이 세상 모든 아가는 대지에 피어나는 꽃.
새 아침에 새 꽃망울로 피어나기 위해
민들레 꽃씨처럼 아가들은 꿈의 나라로 날아가네.

어머니의 숲 여왕이 노래를 하며 두 팔을 벌리자 투명한 형체들이 여왕의 품에서 민들레 꽃씨 같은 것이 되어 하얗게 날아오르기 시작했다.

"가엾은 것들, 어머니의 숲으로 가거라. 햇볕 잘 드는 언덕에 작은 풀꽃들로 피어나렴."

민들레 꽃씨 같은 것들은 긴 꼬리를 가진 작고 하얀 구름을 이루더니 안개를 뚫고 날아올랐다. 여왕은 아기 구름의 꼬리가 보이지 않을 때까지 지켜보다가 마차로 돌아왔다.

마르인 마차가 쓰레기의 산 꼭대기에 올라섰다.

"여기서 살펴보고 가는 게 좋겠습니다."

바얀이 말했다. 검은 무사 하라가 말을 멈추고 짙은 안개 너머 그림자 탑 쪽을 살폈다. 유리와 비연, 여왕이 마차에서 내렸다. 까마득히 먼 지평선 위의 검은 기둥이 안개를 뚫고 언뜻언뜻 나타났다 사라지곤 했다.

"저게 그림자 탑인가요?"

유리가 비연을 돌아보았다.

"그런가 봐. 하늘까지 닿아 있는 것만 같아."

비연이 어두운 눈빛으로 그림자 탑을 쏘아보았다. 안개에 가려 잘 보이지는 않았지만 그림자 탑까지는 폐허가 된 시가지였다. 짙은 안개의 촉수가 유리의 뺨을 스쳐 지나갔다. 유리는 흠칫 몸을 떨었다.

'어서 와라, 유리. 잘 왔다. 이곳이 나의 영토지. 여기는 벌거벗은 진실의 땅이야. 봐라, 네가 서 있는 쓰레기의 산과 네 눈앞의 폐허와 폐허 위를 지나가는 축축하고 공허한 안개를. 이게 인간들의 벌거벗은 진실이란다. 인간들은 얇디얇은 살얼음판 위에서 얼음판에 어른거리는 환상을 보며 매일매일 살아가고 있지. 하지만 아무도 살얼음판 밑의 이 끔찍한 진실을 보려 하지 않아. 나는 너무도 오래 이 끔찍한 진실을 홀로 견디며 지내 왔지. 이젠 지쳤다. 이제 이 끔찍한 진실을 인간들에게 돌려줄 때가 되었어. 어서 와라, 유—리. 나는 너다, 유—리.'

산카라의 음산한 목소리가 유리의 가슴에 울렸다.

유리는 사슴의 날카로운 울음소리에 퍼뜩 정신이 들었다. 생김새와는 달리 괴상한 울음소리를 내질러, 유리는 사슴이 울 때마다 깜짝깜짝 놀라곤 했다.

"자, 갑시다. 저 녀석이 빨리 가자고 재촉하는군요."

사슴 영감이 일행을 둘러보며 말했다.

"근데 그사이에 산이 더 높아진 것 같지 않아요?"

유리가 고개를 갸웃거렸다.

문득 어머니의 숲 여왕이 대답이라도 하듯 노래를 불렀다.

사람도 이젠 죽지 않고 버려지지,

죽는 법을 잊어버려서.

모든 게 죽지 않고 버려져

녹슬지도 썩지도 않고 반짝이네.

그건 영원이 아니라

영원히 돌아갈 곳을 잃은 것일 뿐.

돌아갈 곳을 잃은 것들이

방황에 지쳐 비처럼 떨어지고

쓰레기의 산이 부질없는 키를

한 움큼 한 움큼 키우고 있네.

뜻은 잘 알 수 없었지만 곡조는 귀도시의 신도시 지역과 잘 어
울렸다. 유리가 무슨 노래냐고 물어보려는데 안개 속 어디에선가
삐—이 하는 휘파람 소리가 가늘게 들렸다. 그러자 비연이 얼굴이
환해져서 소리가 들리는 쪽을 향해 삐—이 하고 휘파람을 불었다.

삐—이 삐—이 부르고 응답하는 소리가 여러 번 되풀이되더니 안개 속에서 무언가가 툭 튀어나와 비연에게 달려들었다. 커다란 쇠토끼였다.

"오랜만이야! 그동안 덩치가 훨씬 커졌구나."

비연이 쇠토끼에게 뺨을 비볐다. 털이 고슴도치 바늘처럼 억세 보이는데 보기와는 달리 부드러운 듯했다.

"이놈이 대장이야. 난 이곳에 쇠토끼를 방목하고 돌보는 일을 했지."

비연이 쇠토끼를 안고 마르인 마차에 올라탔다.

마르인 마차가 쓰레기의 산 중턱까지 내려오자 무너진 허름한 단층집들이 나타나기 시작했다. 대부분 집터에 쓰레기들만 남은 상태였다. 집의 흔적들이 점점 밭아지면서 동네를 이루더니 그 한가운데에 거대한 느티나무가 나타났다. 느티나무 아래에는 사람들이 쉴 수 있도록 시멘트로 대를 만들어 놓았는데 그 대 위에 할머니 할아버지 몇이 앉아 있었다.

"저 할아버지 할머니 들에게 지름길을 물어보면 좋을 것 같은데……."

유리가 창밖을 보며 중얼거렸다.

"소용없어."

비연이 고개를 흔들었다.

"왜요?"

"저 어르신들은 치매 기운이 있어서 집을 못 찾고 떠돌다가 귀도시로 오게 된 분들이야. 아무것도 기억하는 게 없어. 저 장벽이 생기기 전에는 귀시장에 와서 국밥도 드시고 그랬는데 지금은 어떻게들 지내시는지 모르겠구나."

비연이 걱정을 하는데 사슴의 날카로운 울음소리가 들리며 마르인 마차가 속도를 줄였다.

"지독한 안개로군. 저 안개 속에 뭐가 있는지 알 수가 없지."

바얀의 중얼거림과 함께 마르인 마차가 짙은 안개 속으로 빠져들었다. 눈앞의 사람도 보이지 않을 만큼 짙은 안개가 하얀 촉수로 마차의 창을 만지며 끊임없이 지나갔다.

"아—소—사—쉬—수—스—소—사—스—시—."

안개의 속삭임이 들려왔다.

"사람을 홀리는 안개예요."

유리가 긴장해서 말했다.

"괜찮다. 바얀의 모닥불이 안개가 마차 안으로 들어오지 못하게 해 줄 거야."

여왕이 유리의 손을 잡아 주었다. 문득 주위를 흐르는 안개가 붉게 물들어 가는 것이 보였다. 바얀이 모닥불을 피운 모양이었다. 모닥불의 불빛이 방어막을 만들고 있어 안개가 마르인 마차에서 밀려났다. 유리는 모닥불의 방어막을 스치며 흐르는 안개를 걱정스럽게 바라보았다.

'안개 속에서 악어용이나 새들이 튀어나와 달려드는 건 아닐까?'

그 순간 안개가 덩어리로 뭉쳐 악어용과 새의 머리 모양을 이루며 방어막을 밀고 들어오기 시작했다.

"유리야, 여왕을 위한 칼을 빼!"

여왕이 소리쳤다. 유리는 여왕을 위한 칼을 빼 들었다. 여왕을 위한 칼이 징— 소리를 내며 빛을 뿜었다.

"저것들이 바얀의 방어막을 뚫고 들어오는 걸 보니 산카라의 힘이 상상할 수 없을 정도로 강해진 것 같구나."

어머니의 숲 여왕이 걱정스러운 표정으로 창밖을 보았다. 그때 악어용과 새의 머리가 마차의 양쪽 창을 향해 다가왔다. 유리와 비연은 창으로 들어오는 악어용과 새의 머리를 칼로 쳐 냈다. 악어용과 새의 머리가 퍽 소리를 내며 흩어져 버렸다.

사슴 영감의 사슴도 하라도 바얀도 솔본도 줄광대도 끊임없이 달려드는 악어용과 새의 머리를 쳐 내느라 정신이 없었다. 그리고 어느 순간 악어용과 새의 머리가 허공에서 녹아 버리듯 사라지더니 사방이 캄캄해졌다. 자기 자신이 있는지 없는지 스스로 의심이 들 정도로 캄캄한 어둠이었다.

"거대한 악어용의 배 속인가? 어머니의 숲에서도 이런 암흑 속에 들어간 적이 있었지."

검은 무사 하라가 말했다. 하지만 소리가 흡음판에 빨려 들어가기라도 하는 것처럼 흐릿했다.

사라진 수현이

"동문 시장 망루에 가 봐야겠어요. 비상소집 연락이 왔어요. 수상한 움직임이 있는 모양이에요."

한식당을 나와 피라미드 타워 앞에서 이한나 씨가 말했다.

"저는 이 친구들이랑 빵집에 가 볼게요. 이따 망루에 들르겠습니다."

유인서 선생이 매부리코, 닥터 박과 함께 발길을 돌렸다.

"참 정신없는 하루네요. 조심하세요."

미카엘 신부가 요셉 신부와 함께 자리를 뜨며 인사했다.

이한나 씨는 일행이 모두 떠난 뒤에도 피라미드 타워 앞을 서성거렸다.

'유리 아빠가 백원만 씨처럼 정신을 아주 잃어버리면 어떻게 하지?'

이한나 씨는 영원히 미로에서 벗어날 수 없을 것만 같은 느낌에 초조했다. '내가 왜 유리에게 억지로 남자아이 옷을 입혔던 거지?' 하는 의문에 대답을 얻는 것. 그것이 지금으로서는 미로를 벗어날 수 있는 유일한 단서였다. 이한나 씨가 헤매고 있는 미로는 동시에 유리와 유리 아빠가 헤매고 있는 미로이기도 할 터였다.

'유리 아빠하곤 인연이 아주 끝난 줄 알았는데.'

이한나 씨가 한숨을 쉬는데 누군가 치맛단을 잡아당겼다.

"수현아!"

이한나 씨는 수현이를 보자 자기가 왜 피라미드 빌딩 앞을 서성거리고 있었는지 깨달았다. 혹시 수현이를 볼 수 있지 않을까 하는 기대가 마음 한구석에 있었던 것이다.

수현이는 시무룩한 표정으로 말이 없었다. 왠지 현실의 아이가 아닌 것처럼 희미하게 느껴졌다. 그런 수현이의 모습에 이한나 씨는 가슴을 도려내는 것 같은 아픔을 느꼈다.

"어디 아프니?"

이한나 씨가 수현이의 양팔을 붙들고 눈을 마주 보며 물었다. 수현이는 말없이 고개를 흔들고 돌아섰다. 수현이의 두 팔이 이한나 씨 손에서 스르르 빠져나갔다.

"수현아, 왜 그래?"

이한나 씨가 주춤주춤 수현이의 뒤를 따라가며 소리쳤다. 수현이는 공기 중에 서서히 녹아들어 가듯 투명해지고 있었다. 수현이가 뒤돌아보았다. 몹시 원망스러운 눈초리였다.

"유리가 날 싫어해요."

수현이의 목소리가 먼 메아리처럼 들렸다. 원망스러운 듯 바라보는 두 개의 눈동자가 오래 허공에 머물다 마지막으로 사라졌다.

"안 돼!"

이한나 씨는 자리에 주저앉았다. 유리를 향한 터무니없는 분노가 가슴을 채워 왔다.

'왜 이러지? 이러면 안 되는데?'

이한나 씨는 머리를 흔들며 자리에서 일어섰다.

유인서 선생 일행은 작은 빵집으로 갔다. 작은 빵집은 지노와 타조 청년, 아이들과 어머니들로 붐비고 있었다. 닥터 박은 미니와 친구들을 차례로 방으로 불러 동공을 간단히 검사했다. 검사가 끝나자 유인서 선생이 지노를 불렀다.

"저는 그림자 안 팔았는데요?"

지노가 말했다.

"누가 그렇다고 했니? 다른 아이들하고 비교해 보려고 그러는 거야. 잔말 말고 들어와."

유인서 선생이 지노에게 살짝 꿀밤을 주었다. 지노는 헤헤 웃으며 방으로 들어갔다. 잠시 뒤 닥터 박과 유인서 선생이 지노와 함께 가게로 나오자 어머니들이 모여들었다.

"상태가 어떻습니까?"

"노숙자분들처럼 심한 건 아닙니다만 지노와 비교해 보았을 때

동공이 많이 열려 있고 빛에 반응하는 속도가 느립니다. 미니가 특히 심하고요. 그래도 이만하기 다행입니다. 더 늦었으면 큰일 날 뻔했어요. 후유증이 있을지도 모르고 더 정밀한 검사도 필요하니까 내일이라도 병원에 아이들 데리고 오세요."

닥터 박이 어머니들에게 명함을 나누어 주었다.

"신부님들에게 보낼 문건은 다 만들었나?"

유인서 선생이 타조 청년의 노트북을 넘겨다보았다.

"예, 아이들 상태에 대한 의사 선생님 소견만 넣으면 돼요. 제가 쓰는 것보다는 의사 선생님이 직접 쓰는 게 낫겠죠?"

타조 청년이 닥터 박에게 자리를 내주었다. 닥터 박이 앉아서 커서가 깜빡이는 곳에 아이들에 대한 의사 소견을 입력하고 일어섰다.

"이 정도 내용이면 될까요?"

타조 청년이 유인서 선생을 바라보았다.

"내가 한번 읽어 볼게. 그러고 나서 신부님들에게 보내자고."

유인서 선생이 컴퓨터 화면에 눈을 준 채 말했다.

"저희는 뭘 하면 되죠?"

어머니들이 물었다.

"오늘 밤 눈에 보이지 않는 전쟁이 벌어질 겁니다. 한두 시간 뒤이 문건이 신부님들 이름으로 인터넷 토론 광장 사발통문에 올라갈 겁니다. 집에 돌아가셔서 사발통문에 문건이 올라오면 최대한 빨리 최대한 많이, 아는 카페나 블로그에 퍼서 옮기세요. 메일로도 보내고 트위터로도 퍼뜨리세요. 얼마나 빨리 얼마나 널리 퍼뜨리느냐가 중요합니다."

매부리코가 어머니들을 둘러보며 말했다.

"그렇게만 하면 돼요?"

"그거 가지고는 분이 안 풀리는데……."

어머니들이 웅성거렸다.

"이 문건이 퍼지면 자연스럽게 뭘 하자는 제안들이 올라올 겁니다. 오늘 밤은 잠자는 거 미뤄 두시고 최대한 퍼뜨리셔야 합니다."

매부리코의 말에 어머니들이 고개를 끄덕이며 아이들과 함께 가게를 빠져나갔다.

"이제 보내면 되겠어. 나는 동문 시장 망루에 가 볼 테니까 수고 좀 해 줘. 닥터 박 자네는 병원에 갈 거지? 같이 나가자고. 그런데 지노 넌 왜 집에 안 가고 여기 있냐?"

유인서 선생이 자리에서 일어서다 지노를 발견하고 물었다.

"유리 아직 안 왔잖아요. 네오 밥도 줘야 하고."

지노가 네오를 들어 보였다.

"누가 너한테 그런 걱정 하라고 했냐? 여기는 타조 아저씨가 지키고 있을 거니까 더 늦기 전에 얼른 가. 선생님이랑 나가자."

유인서 선생이 지노에게 손짓했지만 지노는 꿈쩍도 하지 않았다.

"걱정 마세요. 제가 나중에 데려다 주든지 할게요. 메일은 방금 보냈어요."

타조 청년이 끼어들었다.

"그 녀석 참."

유인서 선생은 못 말리겠다는 듯 고개를 흔들고는 닥터 박과 함께 문으로 향했다. 유인서 선생이 막 문을 여는데, 네오가 야—옹 하며 지노의 품에서 뛰어내리더니 그 틈을 타 가게 문을 빠져나갔다.

이한나 씨는 피라미드 타워 뒤편으로 난 길을 따라 동문 시장으로 향했다. 그쪽에서 웅웅거리는 기계음이 들려오고 있었다. 커다란 헤드라이트 불빛을 따라 안개 속을 더듬어 가자 몇십 미터 앞에 있는 거대한 물체와 맞닥뜨렸다. 포클레인이라기엔 너무 컸다.

'기중기? 낡은 시장 철거하는 데 기중기를 왜 동원하는 거지?'

이한나 씨는 고개를 갸웃거렸다. 더 가까이 다가가려 하는데 갑자기 안개 속에서 군복을 입은 달팽이 모자 서넛이 나타나 막아섰다.

"이쪽 길은 통행금지입니다. 다른 길로 돌아가세요."

"어유, 깜짝이야! 이렇게 안개가 짙은데 손전등이라도 켜고 보초를 서든지. 무슨 공사라도 하나요? 왜 막는 거죠?"

이한나 씨가 안개 너머를 살피며 물었다. 기계음을 내는 건 기중기가 틀림없었다. 군복을 입은 달팽이 모자도 많이 배치되어 있는 것 같았다.

"빨리 돌아가세요."

달팽이 모자가 퉁명스럽게 말을 뱉었다.

이한나 씨는 하는 수 없이 무심천 쪽으로 발길을 돌렸다. 길목마다 달팽이 모자들이 일정한 간격으로 서 있었다. 동문 시장을 에워싸고 있는 것이다. 무심천을 끼고 있는 도로에 이르자 달팽이 모자들이 보이지 않았다. 이한나 씨는 걸음을 빨리했다.

동문 시장 아치 밑에는 젊은 청년 둘이 망을 보고 있었다. 아치를 지나자 간간이 아는 얼굴도 보였다. 망루 오 층에는 십여 명의 사람들이 모여 있었다.

"오늘 점심 무렵부터 달팽이 모자들의 움직임이 심상치 않습니다. 피라미드 타워 쪽에서 포클레인이 진입하는지 기계 소리가 계속 들리고 저녁에는 달팽이 모자들이 배치되기 시작했습니다. 그래서 긴급하게 연락을 드렸습니다. 사람들이 다 모일 때까지, 오시다 보신 게 있으면 말씀들을 해 주세요."

곱슬머리가 방 안에 앉아 있는 사람들을 둘러보며 말했다.

"기계음을 내는 건 포클레인이 아니라 기중기예요. 피라미드 타워 뒤쪽 샛길로 오다 보니까 무심천 쪽을 빼고는 달팽이 모자들이 동문 시장을 둘러싸고 있었어요."

이한나 씨가 말하자 이 사람 저 사람 보고 들은 것을 이야기하기 시작했다. 그러는 사이에 사람들이 방 안에 빼곡하게 들어찼다. 모두 긴장한 표정이었다.

"그나저나 이 망루 엉성해 보이던데 사람이 이렇게 많이 올라와도 괜찮나?"

한 남자가 무거운 분위기를 누그러뜨리려는 듯 바닥을 살짝 구르며 우스갯소리를 했다.

"겁은 많아서. 그 몸무게 가지고 뭘 그래? 바람 불면 날아가겠
구먼. 무너져도 나 같은 바윗덩어리가 앉아 있는 데부터 무너질
테니까 걱정 마."

포목점 아주머니가 핀잔을 주자 사람들이 와하고 웃었다.

"아주머니, 우리 유리 못 보셨어요? 집에 아직 안 돌아왔다던데
요."

이한나 씨가 분위기가 어수선해진 틈을 타서 포목점 아주머니
에게 물었다.

"응, 걱정 마. 사슴 영감님이 안전한 데 가 있겠다고 데려갔으니
까. 어련히 알아서 잘하시지 않겠어? 유리 혼자 있는 것보다야 사
슴 영감님하고 있는 게 낫지."

포목점 아주머니의 말에 이한나 씨는 마음이 놓였다.

유인서 선생은 닥터 박과 헤어져 동문 시장 쪽을 향해 걸었다.
짙어졌다 옅어졌다 하며 흐르는 안개가 의미 없는 말을 웅얼거리
는 것만 같았다. 유인서 선생은 이 안개가 오래전부터 끼어 있던
것 같은 생각이 들었다.

'언제부터일까?'

유인서 선생은 유리가 처음 사라졌던 날을 떠올렸다. 그날 처음
으로 그림자 개에게 먹힌 달을 보았다. 그때부터 안개가 시작된 것
일까? 안개의 흰 베일처럼 다른 세계가 지금의 세계에 겹쳐 들어온

게 아닐까? 이 안개는 언제 끝나는 것일까? 생각에 잠긴 유인서 선생의 얼굴을 안개가 스쳐 지나가며 뜻 모를 소리를 중얼거렸다.

"아—소—사—쉬—수—스—소—사—스—시—."

소리와 함께 안개가 더욱 짙어져 유인서 선생은 방향을 잃었다.

'짙은 안개 속에선 깊은 생각을 하는 게 아닌데……'

유인서 선생은 사방을 두리번거렸다. 마치 어떤 다른 공간에 갇혀 버린 느낌이었다. 유인서 선생은 제자리에 우뚝 멈추어 섰다.

"아—소—사—쉬—수—스—소—사—스—시—."

안개가 다시 뜻 모를 소리를 중얼거렸다. 유인서 선생은 정신이 아득해지는 느낌이었다.

"야—옹."

문득 날카로운 울음소리를 내며 안개 속에서 고양이 한 마리가 나타났다. 유인서 선생은 정신이 퍼뜩 들었다.

"네오?"

네오는 길 안내라도 하듯 앞장서 걷기 시작했다. 조금 걷자 퓨처 컴퍼니 마트 앞 건널목이 나왔다. 군복을 입은 달팽이 모자들이 건널목을 건너고 있었다.

'퓨처 컴퍼니에서 눈치챈 모양이군. 대단한 싸움이 되겠어. 사발통문엔 폭로 문건이 떠 있을까? 주사위는 이미 던져진 거야.'

유인서 선생은 망루 오 층으로 올라갔다. 네오가 어떻게 길을 아는지 계단을 다 오를 때까지 유인서 선생을 이끌었다.

"선생님 오셨어요? 네오도 왔네?"

이한나 씨가 반색을 하며 네오를 안고 쓰다듬어 주었다.

"예, 그 노트북, 인터넷 되죠?"

유인서 선생이 인사를 하고는 곱슬머리와 시베리안이 보고 있
는 노트북을 보자마자 물었다.

"그럼요. 쓰세요."

곱슬머리와 시베리안이 자리를 비켜 주었다. 유인서 선생은 얼
른 노트북 앞에 앉아 인터넷 화면을 열고 토론 광장 사발통문으
로 들어갔다. 신부들 공동 명의의 문건이 올라와 있었다. 올린 지
오 분 정도 되었는데 조회 건수가 삼천을 넘고 있었다.

"이 속도로 퍼지면 조만간 결판이 나겠는데요?"

유인서 선생이 모처럼 환한 얼굴로 이한나 씨를 돌아보았다.

"벌써 올라왔어요?"

이한나 씨가 유인서 선생 쪽으로 다가갔다. 유인서 선생은 클릭
해서 문건 내용을 화면에 띄웠다. 문건 끝머리에 내일 퓨처 컴퍼니
본사 앞 광장에서 공개 새벽 미사를 연다는 알림글이 떠 있었다.

"이번엔 신부님들이 아주 세게 나오시네."

"일이 이렇게 심각한 지경이 되었으니 그럴 수밖에 없지 않겠어?"

어깨너머로 같이 컴퓨터 화면을 보고 있던 시베리안과 곱슬머
리가 이야기를 주고받으며 웃었다.

거울 고치

"애송이들, 너희가 이 캄캄함을 아느냐? 이 텅 비어 있음을 아느냐? 이 캄캄한 공허를 견디는 게 무엇인지를 아느냐? 너희는 비눗방울에 어리는 무지개처럼, 살얼음 위에 어른거리는 색색의 그림자처럼 가볍고 천박한 것들이야. 너희가 무슨 자격으로 감히 나에게 대적하겠다는 것이냐? 너희가 진실의 무게를 알기나 하는 것이냐? 하하하하 흐흐흐흐 호호호호."

산카라의 웃음소리가 음산하게 울렸다. 유리는 수만 년 묵은 빙하가 가슴속에서 일어서는 느낌이었다. 그 빙하의 냉기와 무게에 자기가 아끼는 모든 것이 하찮게 부서져 나가는 것 같았다.

"산카라, 그건 죽음의 강을 건널 때 귀가 아프게 들었던 말이로구나. 이제 똑같은 장난은 그만둬라!"

하라가 외치며 칼을 높이 들었다. 그러자 하라의 칼에서 빛이 살아나기 시작했다. 이어서 사인검과 여왕을 위한 칼에서, 사슴의 뿔 사이에서도 빛이 살아났다. 바얀의 모닥불도 조금씩 커지기 시작했다.

"나의 호위 무사 하라, 너 따위가 대답할 수 있는 질문이 아니다. 하하하하 흐흐흐흐 호호호호."

산카라가 하라를 노골적으로 비웃었다. 유리는 그 소리가 자기를 비웃는 것처럼 느껴졌다. 격렬한 분노가 유리의 가슴에서 솟아올랐다.

"아니야! 그것들의 무게는 같아!"

유리는 스스로도 그게 무슨 뜻인지 정확히 모르는 채 소리쳤다. 몸이 떨리고 있었다. 비연이 유리의 손을 꼭 잡아 주었다.

"산카라, 너야말로 작은 상처를 가지고 어리광을 부리는 어린아이 같구나. 그래, 이 캄캄함을 안다. 이 텅 비어 있음을 알아. 하지만 이 캄캄한 공허를 묵묵히 견딘 자는 비눗방울에 어리는 허망한 무지개에 그 모든 것을 걸 줄도 알지. 그게 인간들의 사랑이라는 거다. 산카라, 너는 유리보다도 어린 갓난애로구나. 하하하."

사랑? 줄광대의 말을 모두 이해할 수는 없었지만 사랑이란 말이 유리에게 아릿한 아픔 같은 걸 느끼게 했다. 줄광대는 거울의 문을 지나는 동안 어떤 일을 겪었을까? 비연은 또 어떤 일을 겪었을까? 줄광대가 말하는 동안 비연의 손엔 힘이 주어지고 있었다. 유리는 비연을 돌아보았다. 앞을 응시하고 있는 비연의 눈에서 뭔가가 반짝했다.

'눈물일까?'

문득 흑여래가 말했던 연꽃이란 말이 유리의 머릿속에 떠올랐다.

"하하, 귀도시에 아직까지 땅을 파먹고 사는 벌레들이 남아 있다고 하더니 여기까지 기어 왔군. 어서 오너라. 이거 재미있어지겠는걸. 하하하하 흐흐흐흐 호호호호."

산카라의 웃음소리가 서서히 멀어지더니 사방이 밝아 오기 시작했다. 이제 마르인 마차는 짙은 안개 지역을 벗어나고 있었다.

흐르는 안개 사이로 시가지가 펼쳐져 있는 게 보였다. 쓰레기의 산과 가까운 곳은 그리 높지 않은 건물들이 자리 잡았고, 반대쪽 지평선으로 갈수록 높은 빌딩들이 자리 잡고 있었다. 하지만 모두 강한 지진을 만난 것처럼 완전히 혹은 반쯤 무너져 있었다.

마르인 마차는 시가지 가운데로 난 큰 도로를 따라 앞으로 나아갔다. 도로는 건물의 잔해와 버려진 차와 쓰레기로 어수선할 뿐 텅 비어 있었다. 오직 안개만이 텅 빈 도로를 스멀스멀 기어 다니고 있을 뿐이었다.

"여기도 귀도시라 살지도 죽지도 않은 자들이 살고 있을 텐데 어디로 간 거지?"

비연이 창밖을 보며 중얼거렸다. 그때 길가의 건물 잔해 사이에서 '타—앙' 하는 총소리가 들렸다. 안개 속에서 군복에 철모를 쓰고 장총을 든 사람이 나타나더니 몸을 숙인 채 손짓으로 멈추라는 신호를 보냈다. 마르인 마차가 멈추어 섰다. 군인은 앞쪽에서 총알이 날아오기라도 하는 것처럼 흩어진 건물 잔해와 폐차들 사이로 몸을 숨기며 빠르게 달려왔다.

"민간인들이로군. 곡마단인가? 여기는 전쟁 중이오. 이렇게 돌아다니면 안 됩니다. 어디로 가는 겁니까?"

군인이 마차에 바짝 몸을 붙이며 앞쪽에 눈길을 준 채 물었다. 이제 막 소년티를 벗은 앳된 얼굴이었다.

"저 앞쪽으로 갑니다. 그런데 이 도시 사람들은 다 어디로 간 거죠?"

비연이 물었다.

"거의 다 달팽이 모자를 쓴 자들에게 잡혀갔소. 내가 저 앞 사거리까지 엄호해 드리겠소. 거기까지가 내 경계 구역이니까."

군인이 말하고는 자세를 낮춘 채 앞으로 달려 나갔다.

"잘 부탁드려요."

비연이 미소를 지으며 소리쳤다. 유리는 총소리가 나고부터 잔뜩 긴장하고 있던 터라 비연이 미소를 짓는 게 이상했다. 혹시 비연이 아는 사람일까?

"저 군인은 오래전 전쟁터에서 죽은 사람이야. 하지만 저 군인이 죽었다는 사실을 아무도 확인할 수 없었기 때문에 여전히 살아 있는 걸로 되어 있지. 그래서 죽었는데도 저렇게 살아서 혼자다 끝난 전쟁을 하고 있는 거란다. 가족들은 저 군인이 죽은 줄도 모르고 언젠가 돌아올 거라고 믿으며 기다리고 있었겠지. 이제 기다리던 어머니도 죽고 저 군인에 대한 기억도 가족들의 머리에서

다 사라졌는지도 모르지."

어머니의 숲 여왕이 말하고는 혀를 찼다.

"안개 장벽이 생기기 전에는 저 군인이 귀시장에 심심치 않게 나타났어. 시장통에 서서 지금 전쟁이 벌어지고 있으니 같이 싸워야 한다고 열변을 토하는 거야. 목소리는 진지한데 너무 엉뚱해서 귀시장 사람들은 코미디쯤으로 여겼지. 연설이 끝나고 나면 동전도 던져 주곤 했어. 물론 그중에는 사정을 알고 측은하게 여겨 동전을 주는 사람도 있었지."

비연이 말했다.

"제가 엄호할 수 있는 건 여기까지입니다. 이 사거리 건너부터는 거인들이 나타나는 위험 구역입니다. 조심해서 가십시오."

사거리에 이르자 군인이 마르인 마차로 다가와 말했다. 그러고는 잽싸게 폐차 뒤로 달려가서 몸을 바싹 붙이고는 앞쪽을 향해 총구를 겨누었다. 군인은 그렇게 뒤로 이동해 갔다.

'혼자 하는 전쟁이라고?'

유리는 웃음이 터져 나올 것 같았다. 하지만 그 진지하고 절박한 움직임들이 너무도 슬프게 느껴져 울음이 터져 나올 것 같기도 했다.

마르인 마차는 사거리를 지나 앞으로 나아갔다. 무너지긴 했어도 제법 높은 빌딩들이 안개 속에 문득문득 모습을 드러냈다.

쿵— 쿵— 땅이 울리는 소리가 들렸다. 사슴이 날카롭게 울고, 히히히힝 하라의 말 울음소리가 연달아 들렸다. 마르인 마차가 멈추어 섰다.

"거인들이 나타난 건가?"

비연이 쇠토끼를 유리에게 넘기며 마차에서 내렸다. 유리도 따라 내렸다. 소리는 앞쪽에서 들려오고 있었다. 흐르는 안개 사이로 반쯤 무너진 건물들이 우쭐우쭐 올라갔다 내려갔다 하는 모습이 보였다.

"뭐야? 고층 건물이 거인이 되어 달려든단 말이야?"

유리는 눈을 크게 떴다. 진동 소리가 가까워지더니 철근과 시멘트로 이루어진 거인 둘이 앞을 막아섰다. 사슴이 날카로운 소리로 울며 두 뿔 사이에서 작은 불덩어리들을 쏘아 냈다. 불덩어리들이 시멘트 덩어리와 덩어리를 잇고 있는 철근을 끊자 시멘트 덩어리가 쿵— 하고 땅으로 떨어졌다. 솔본은 석궁으로 화살을 쏘아 댔다. 하라는 말 위에서 거인들의 발을 잇는 철근을 칼로 쳐 댔다. 줄광대도 거인들의 몸에 올라타 철근을 칼로 끊어 냈다. 거인들은 그때마다 기우뚱거리면서도 마르인 마차를 향해 한 발 한 발 다가오고 있었다. 마르인 마차가 급하게 뒤로 물러섰다. 거인 하나가 목이 툭 떨어지며 쿵— 하는 울림과 함께 넘어졌다. 다른 거인도 한두 걸음 더 다가오다가 그 자리에서 무너져 내렸다. 뽀얀 시멘트 먼지가 안개와 뒤섞였다.

한숨 돌릴 틈도 없이 사방에서 쿵— 쿵— 하는 소리가 요란했다. 지진이 난 것처럼 땅바닥이 들썩들썩했다. 온 도시의 무너진 고층 건물들이 모두 거인이 되어 달려오는 것 같았다. 쿵— 쿵—

소리가 포위라도 하듯 밀착해 들어오고 철근과 시멘트로 된 거인들이 사방에 모습을 나타냈다. 절벽에 둘러싸인 꼴이었다.

"저것들을 다 무너뜨리는 건 불가능해."

누군가 절망하는 소리가 들렸다. 그때 유리가 안고 있던 쇠토끼가 삐―이 하고 높고 길게 휘파람 소리를 냈다. 그에 대답하듯 삐―이 하는 소리가 희미하게 들려왔다. 서로 주고받는 듯 삐―이 삐―이 하는 소리가 쓰레기의 산 쪽에서부터 가까워지더니 바삭바삭하는 소리가 들리기 시작했다. 유리는 뒤를 돌아보았다. 쇠토끼들이 큰 도로를 덮고 검은 강물처럼 밀려오고 있었다.

"우리 쇠토끼들이야! 대장을 놓아줘."

비연이 얼굴이 환해져 소리쳤다. 유리는 쇠토끼를 바닥에 내려주었다. 대장 쇠토끼는 삐―이 크게 울더니 시멘트 거인을 향해 내달렸다. 쇠토끼들이 거인들을 새카맣게 덮기 시작했다. 쇠토끼들이 철근을 갉아 먹고 있었다. 거인들은 앞에서부터 하나둘 무너져 내렸다. 시멘트 먼지가 일었다. 유리 일행은 멀찌감치 물러났다. 얼마 지나지 않아 거인들이 있던 자리엔 시멘트 야산이 생겨났다. 쇠토끼들이 시멘트 야산을 넘어 다시 쓰레기의 산 쪽으로 돌아갔다.

"잘 가. 곧 만날 수 있을 거야."

비연이 인사를 하고는 삐―이 휘파람을 길게 불었다. 쇠토끼들이 삐―이 삐―이 소리로 대답했다.

마르인 마차는 시멘트 야산을 넘어 앞으로 나아갔다. 큰길을 따라 한참 가자 무너진 고층 빌딩들이 숲을 이룬 지역이 나타났다. 안개는 차츰 걷혔지만 추위가 심해졌다. 빌딩 숲 근처에 이르자 여왕이 마차를 멈추게 했다.

"줄광대와 비연은 여기서 돌아가게. 바얀과 하라, 솔본도 돌아가고. 여기까지 오느라 수고 많았네."

여왕이 마차에서 내리면서 말했다.

"때가 된 거군요. 산카라의 고치가 다 만들어진 건가요?"

바얀이 여왕을 바라보았다.

"그렇다네. 산카라가 고치에 들어 있지 않았다면 우리가 여기까지 오기도 쉽지 않았겠지. 산카라의 힘은 상상할 수 없을 만큼 커졌네. 산카라는 지금 고치에서 막 다시 태어나려 하고 있지. 이제부터는 누구도 끼어들 수 없는 나와 산카라의 싸움이야. 평안히 돌아들 가시게."

여왕이 웃으며 고개를 끄덕였다.

"그게 무슨 말씀이에요? 유리를 그림자 탑까지 호위하겠다고 흑여래 어른과 약속했는데요?"

비연이 여왕을 보았다.

"거울의 문을 통과하는 것이 누구도 끼어들 수 없는 유리와 자네들만의 싸움이었듯 이건 누구도 끼어들 수 없는 나만의 싸움이지. 이건 아주 오래된 싸움이라네."

여왕이 결연하게 말하고는 나지막한 음성으로 노래를 부르기 시작했다.

이건 아주 오래된 싸움.

까마득한 옛날 거울 속의 세계와 거울 밖의 세계는

작은 틈들로 통했지.

서로 오가며 사이좋게 지냈어.

그러던 어느 날 거울 속 세계가

거울 밖 세계를 공격하기 시작했네.

아주 길고 힘든 전쟁이었지.

거울 밖 세계 여왕은

겨우겨우 이겨

마법으로 거울 속 사람들을 거울 속에 가두었네.

그때부터 거울 속 사람들은

거울 밖 사람들을 그림자처럼 따라 하게 되었지.

하지만 거울에 작은 금이 가고

거울 속 그림자들이 제멋대로 움직이고

그림자 전쟁은 시작되었네.

이제 거울 고치에서

그림자 여왕이 태어나려 하네.

이건 아무도 도와줄 수 없는

피할 수 없는 여왕만의 싸움.

여왕이 노래를 마치자 그에 대답이라도 하듯 산카라의 목소리가 들렸다.

"잊지 않았구나, 여왕. 그래, 이제 너와 나의 싸움이 시작될 차례다. 어서 오너라. <u>흐흐흐흐</u> 하하하하 <u>호호호호</u>."

산카라의 웃음소리가 한바탕 이어졌다.

"좋다, 가마. 그 대신 시장의 신님과 유리가 네 거울 고치 위를 무사히 지날 수 있게 해라. 이건 우리 둘만의 싸움이니까."

"오냐, 무사히 지날 수 있도록 두 마리의 물고기가 안내하게 하겠다. 그래야 시장의 신과 유리가 두 마리 물고기처럼 나를 신들의 시장으로 안내할 테니까. 하하하하. 그것뿐인가?"

"그림자 탑에 붙잡혀 있는 자들도 풀어 줘라."

"그러지. 내가 고치를 깨고 나가는 순간 그것들은 나에게 쓸모없는 빈껍데기일 뿐이니까 아까울 것도 없지. 호호호호. 이제 됐나? 어서 오너라, 여왕. 기다리고 있겠다. <u>흐흐흐흐</u>."

긴 웃음소리와 함께 산카라의 목소리가 사라졌다.

"산카라가 약속을 지킬까요?"

비연이 걱정스러운 표정으로 어머니의 숲 여왕을 돌아보았다.

"산카라가 스스로 약속을 지킨다기보다 어쩔 수 없이 그렇게 되는 거겠지. 산카라가 저런 약속을 하는 건 나의 힘이 그 정도는 된다고 생각하기 때문이야."

어머니의 숲 여왕이 빙긋 웃었다.

"흑여래 아저씨한테 고맙다고 전해 주세요."

유리가 청동거울을 비연에게 건넸다.

"그래, 더 같이 못 가서 미안하구나."

비연이 허리를 숙여 유리를 끌어안았다.

"비연 언니, 줄광대 아저씨하고 결혼할 거예요?"

유리가 비연의 귀에 대고 작은 소리로 물었다.

"모르지."

비연이 고개를 흔들며 미소 지었다.

"유리야, 이제 그 칼을 돌려 다오."

검은 무사 하라가 손을 내밀었다. 유리는 허리춤에서 여왕을 위한 칼을 꺼내 하라에게 건넸다.

"이제 이 칼이 없어도 잘할 수 있을 거다."

하라가 말하며 유리의 머리를 쓰다듬어 주었다.

"손바닥을 펴 봐라."

바얀이었다. 바얀은 유리의 손바닥 가운데를 검지로 톡 쳤다. 그러자 따끔하며 손바닥 가운데에 작은 불꽃이 나타났다 사라졌다.

"모닥불은 피울 수 없겠지만 어두운 곳을 밝히는 작은 불꽃은 피울 수 있을 거다."

바얀이 말하며 웃었다.

"용기를 내. 넌 푸른 마르인의 후예니까. 잘 가."

솔본의 개구쟁이 같은 얼굴에 헤어지기 서운한 표정이 떠올랐다.

"모두 고마워요."

유리가 일행을 하나하나 둘러보며 인사했다.

유리는 솔본과 검은 무사 하라, 마르인 마차가 멀어져 가는 모습을 오래 지켜보았다.

"유리야, 이제 가야지."

사슴 영감이 재촉을 했다. 유리는 아쉬움을 뒤로하고 어머니의 숲 여왕과 사슴 영감, 사슴을 따라 빌딩들 사이로 들어섰다. 빌딩들은 투명한 얼음에 묻혀 있었다. 가까운 빌딩은 아랫부분만 얼음에 묻히고 멀리 있는 빌딩일수록 더 깊이 얼음에 파묻혀 있었다.

얼마를 더 걸어 유리 일행은 빌딩과 빌딩 사이의 완만한 얼음 비탈로 접어들었다. 문득 한 건물에서 노인이 나오는 게 보였다. 노인은 연신 바닥을 들여다보면서 구두덜거렸다.

"내 집이 얼음 속에 묻혔어. 손해야! 내 건물이 얼음 속에 묻혔어. 손해야!"

노인은 그렇게 바닥만 보면서 유리 일행 쪽으로 다가오다가 하마터면 사슴 영감과 부딪칠 뻔했다. 노인은 깜짝 놀라 사슴 영감과 여왕과 유리를 보더니 경멸 어린 표정을 지었다.

"하고 다니는 꼴이라니……. 너희 같은 거지들은 여기 오면 안 돼! 손해야! 수위들은 어디 있어? 감시 카메라는 어디 있어? 다 얼어붙었나? 너희 같은 거지들은 여기 오면 안 돼! 손해야!"

노인은 화를 벌컥 내더니 버럭버럭 소리를 지르며 한참을 따라왔다. 그러다가 제풀에 지쳐 다시 비탈을 내려가기 시작했다.

"내 집이 얼음 속에 묻혔어. 손해야! 내 건물이 얼음 속에 묻혔어. 손해야!"

불평 소리가 점점 멀어져 갔다.

"저 할아버지는 누구예요?"

유리가 영문을 모르겠다는 표정으로 사슴 영감을 보았다.

"저 노인네는 이미 죽었지만 자식들이 서로 재산을 더 차지하려고 싸우느라 아직 죽지 않은 걸로 해 놓은 거다. 그래서 죽었는데 죽지 않고 여기 와 있는 거지. 그리 오래 있지는 않을 거야."

사슴 영감이 혀를 차며 힐끗 뒤를 돌아다보았다.

"그런데 그렇게 쉽게 떠날 수 있을지 모르겠군요. 버릴 때 버릴 줄 알아야 주인인데 저 노인분은 버릴 줄을 모르는 것 같습니다. 물건이 주인이 되고 주인이 물건을 지키는 개가 되면 제대로 죽을 수도 없는 거죠."

어머니의 숲 여왕이 사슴 영감을 돌아보며 슬픈 미소를 지었다.

얼음 비탈을 더 걸어 올라가자 거대한 알처럼 생긴 얼음덩어리가 모습을 드러냈다. 타원형 반쪽을 잘라 엎어 놓은 것 같은 얼음 산이었다.

"이게 산카라의 거울 고치입니다. 거울 고치에 비치는 그림자는 모양도 제멋대로이고 마음대로 움직이죠. 나는 거울 고치의 배꼽으로 가야 합니다. 산카라는 이 고치 속에서 거울 속 세계의 그림자 여왕으로 탈바꿈했지요. 이제 저 배꼽을 통해 밖으로 나오려 하고 있어요."

여왕이 말하며 거울 고치 꼭대기에 눈길을 주었다. 갈라져 터진 틈으로 찬 기운이 하얗게 뿜어져 나왔다.

"물고기를 따라가세요. 산카라의 힘이 워낙 커져서 제가 오래 버티기는 힘들 겁니다. 최대한 빨리 여기를 나가서서 신들의 시장으로 가세요. 그림자 여왕은 나를 흡수하려 하듯이 유리를 흡수하려 할 겁니다."

어머니의 숲 여왕이 말했다. 유리는 모든 것이 혼란스럽고 두려웠다.

"유리야, 그림자의 왕은 자신의 고향인 신들의 시장에서 소멸한다, 그 예언 알고 있지? 그림자 여왕은 신들의 시장에서 결국 다시 거울 속에 갇히게 될 거다. 그리고 그림자 여왕을 거울 속에 가둘 자가 바로 너야. 그러니 용기를 가져라."

한 번도 들어 본 적 없는 말이었다.

"제가 어떻게요?"

"가 보면 알게 될 거다. 꼭 유리를 무사히 신들의 시장에 보내야 합니다. 물고기를 따라가세요."

어머니의 숲 여왕이 유리와 사슴 영감의 발밑을 가리켰다. 유리는 발밑을 내려다보았다. 제 모습이 어른어른 얼음 표면에 비치는 것 같더니 물고기의 모습이 되어 얼음 속을 헤엄쳤다.

어머니의 숲 여왕은 냉기가 뿜어져 나오는 배꼽을 향해 올라가기 시작했다. 냉기가 어머니의 숲 여왕을 덮고 유리와 사슴 영감에게까지 퍼져 왔다. 그 냉기에 마음과 몸이 산산조각 나는 것 같은 순간 유리의 가슴에서 뜨거운 열기가 폭발했다. 유리는 어느새 푸른 불꽃을 온몸에서 내뿜는 것 같은 푸른 마르인으로 변해

'크—헝!' 하고 포효했다. 사슴이 날카로운 울음소리를 냈다. 시장의 신을 태운 사슴과 푸른 마르인은 두 마리의 물고기를 따라 달리기 시작했다.

그림자 탑은 산카라의 거울 고치에서 그리 멀지 않은 곳에 있었다. 황량한 벌판에 원통형의 검은 탑이 안개와 구름을 뚫고 끝 간데 없이 솟아 있었다. 그림자 탑에서 산카라의 거울 고치까지 커다란 파이프라인이 연결되어 있었다. 푸른 마르인과 시장의 신을 태운 사슴은 거대한 얼음산을 이루고 있는 산카라의 거울 고치를 벗어나 그림자 탑을 향해 달리기 시작했다.

"흐—하—아—아—아—!"

얼음산에서 비명인지 웃음인지 울음인지 알 수 없는 날카로운 소리가 땅과 대기를 흔들며 퍼져 왔다. 푸른 마르인과 사슴 영감은 멈추어 뒤를 돌아보았다. 거대하게 부풀어 오른 어머니의 숲 여왕이 바람에 옷자락을 나부끼며 얼음산의 꼭대기에 서 있었다. 화사한 어머니의 숲 여왕은 다음 순간 어두운 잿빛의 차가운 모습으로 바뀌었다. 얼음 부스러기가 하얗게 떨어져 내리는 것만 같은 차가운 얼굴, 날카로운 눈매, 매섭게 다문 입술, 바람에 날리는 긴 머리칼, 하얗게 냉기를 뿜어내며 펄럭이는 옷자락. 두 모습이 서로 맹렬하게 싸우기라도 하듯 번갈아 나타났다 사라졌다 했다.

"흐—하—아—아—아—!"

다시 비명인지 웃음인지 울음인지 알 수 없는 날카로운 소리가 울렸다. 그러자 그림자 탑과 산카라의 거울 고치를 잇는 파이프라인이 텅— 텅— 소리를 내며 튀어 올랐다.

"크—헝—!"

푸른 마르인은 얼음산을 향해 포효하고는 돌아서 달리기 시작했다. 그림자 탑 가까이 이르자 사람들이 입구에서 쏟아져 나오는 게 보였다.

"귀도시 사람들이 풀려나오는 모양이군."

사슴 영감이 중얼거렸다.

푸른 마르인과 사슴은 사람들의 물결을 거슬러 그림자 탑 안으로 들어갔다. 탑 안의 구조는 특이했다. 가운데에 구멍이 뚫린 두껍고 투명한 선반들이 저마다 하나의 층을 이루며 까마득한 높이까지 원통형의 탑 안을 메우고 있었다. 선반 가운데마다 난 구멍으로 굵고 거대한 쇠기둥이 관통하고 있었고 쇠기둥에서 우산살처럼 뻗어 나온 쇠파이프들이 선반을 받치고 있었다. 선반 위에는 그림자의 미라가 쇠기둥을 중심으로 돌아가며 가지런히 놓여 있고 쇠기둥에 고정해 놓은 무수한 작은 파이프라인에 의해 위아래로 연결되어 있었다. 텅— 텅— 하는 소리는 바로 그림자의 미라와 선반에 굵고 가는 금이 가면서 나는 소리였다.

"금방 무너져 내리겠구나. 빨리 올라가자."

사슴 영감이 위를 쳐다보며 말했다.

주위를 둘러보니 벽을 따라 난 나선형 통로가 보였다. 물건을 운반하기 좋도록 계단이 아닌 경사로로 되어 있었다. 그 통로를

따라 사람들이 물밀듯이 쏟아져 내려오고 있었다. 텅— 텅— 소리
가 더욱 거세졌다.

"사슴 할아버지, 제 목에 올라타세요. 저 가운데에 난 기둥을
타고 올라가면 되겠어요."

푸른 마르인이 거대한 쇠기둥을 가리켰다.

"걱정 말고 먼저 올라가거라. 나는 그림자 여왕이 쉽게 쫓아오
지 못하게 장애물을 만들면서 올라가마. 여기서 나가면 시장의 신
들이 기다리고 있을 거다."

푸른 마르인은 망설였다. 그때 '흐—하—아—아—아—.' 비명도
웃음도 울음도 아닌 섬뜩한 소리가 다시 들렸다. 소리는 훨씬 가
까워져 있었다.

"빨리 가거라."

사슴 영감이 손짓했다. 푸른 마르인이 파이프라인에 발톱을 박
으며 쇠기둥을 타고 오르기 시작했다. 몇 개의 층을 올라가자 통
로에 사람이 보이지 않았다. 푸른 마르인은 통로를 따라 위로 달
려 올라가기 시작했다. 그렇게 십여 층을 올라가는데 아래쪽에서
붉은 불꽃이 번쩍하며 무언가 요란하게 부서져 내리는 소리가 들
렸다.

사슴은 통로를 내달리며 아래쪽 선반을 향해 두 뿔 사이에서
불꽃을 쏘아 댔다. 선반과 그림자의 미라가 요란한 소리를 내며 무
너져 내렸다. 아래층 선반이 무너지는 진동에 위층 선반이 차례차

례 내려앉았다. 나선형의 경사로도 함께 허물어지고 있었다. 사슴은 선반이 무너져 내리는 속도와 경쟁이라도 하듯 맹렬하게 통로를 달려 올라갔다. 중간쯤부터는 선반 위에 그림자의 미라 대신 거대한 달팽이처럼 생긴 기기들이 가지런히 놓여 있었다. 그러고는 원통형의 탑 안이 캄캄해졌다. 사슴의 두 뿔 사이에서 빛나는 불덩이만이 통로를 비출 뿐이었다. 어둠 속에서 선반들이 허물어지는 소리가 바짝 뒤를 쫓았다. 마치 거대한 괴물이 이를 부득부득 갈며 쫓아오는 것 같았다. 한참을 달려 올라가자 위쪽에 빛이 보였다. 거기 푸른빛을 내는 무언가가 서 있는 것도 같았다.

"저기가 출구인 모양이다. 푸른 마르인이 우리를 기다리고 있어."

사슴 영감이 사슴의 목을 토닥였다.

푸른 마르인은 비상계단 앞에 서서 캄캄해진 아래를 내려다보았다. 선반들이 무너지고 깨지는 소리와 함께 붉은 불덩이가 나선형을 그리며 맹렬한 속도로 올라오고 있었다. 얼마 지나지 않아 붉은 불덩이가 옆에 내려섰다. 그와 함께 마지막 선반이 허물어지는 소리가 아득히 멀어져 갔다.

"왜 여기 서 있는 거냐, 빨리 가지 않고?"

사슴 영감이 푸른 마르인을 보며 나무랐다.

"사람들이 조금 전에야 여길 다 빠져나갔어요."

그 순간 캄캄했던 아래쪽이 환해지기 시작했다.

"흐—하—아—아—아—, 유—리—. 달아나지 마라. 너는 나다,

유—리—."

그림자 여왕이 잿빛을 뿜으며 어둠 속에서 빠른 속도로 올라왔다. 흰 채찍으로 보이는 무언가가 유리를 향해 날아왔다. 투명한 파편들로 이루어진 뱀이었다. 뱀이 입을 벌리며 눈앞으로 다가왔다. 그 순간 붉은 빛덩이가 번쩍하며 뱀의 머리를 부쉈다. 사슴의 뿔 사이에서 그림자 여왕을 향해 불화살들이 쏟아져 나가고 있었다.

"유리야, 빨리 가거라. 시장의 신들이 널 기다리고 있어. 내 걱정은 마라. 빨리 가!"

사슴 영감이 소리쳤다.

푸른 마르인은 비상계단을 올라가기 시작했다. 지하 오 층 표지판이 보이는 곳부터는 건물을 빠져나가려는 사람들로 계단이 붐볐다.

건물 밖으로 나가자 피라미드 타워 광장이 눈앞에 나타났다. 어두운 가운데서도 동쪽이 희끄무레하게 밝아 오는 것으로 보아 새벽인 모양이었다. 광장에는 사람이 많이 모여 있었다. 신부들도 보였다.

"호—하—아—아—아—, 유—리—. 너는 나다. 달아나지 마라, 유—리—."

그림자 여왕의 음산한 목소리가 들려왔다.

'시장의 신들이 나를 기다릴 거라고? 어디로 가야 하는 거지?'

유리는 막막한 기분이 되어 피라미드 타워 뒤편으로 향했다. 동

문 시장으로 갈 작정이었다. 그런데 피라미드 타워 뒤편으로 달려
간 유리는 깜짝 놀라고 말았다. 분명히 철거 작업으로 무너져 있
던 곳이었는데 시장이 옛날 모습 그대로 있었다. 헌책방, 철물점,
종이 가게, 포목점, 채소 가게, 떡집 등이 안개 속에서 환하게 불을
밝히고 있었다.

"어떻게 된 거야?"

유리가 멈칫하는데 등 뒤에서 차갑고 섬뜩한 기운이 느껴졌다.

"흐—하—아—아—아—, 유—리—. 너는 나다, 유—리—."

귀에 대고 속삭이는 것처럼 소름 끼치는 목소리였다. 유리는 반
사적으로 시장의 통로로 뛰어들었다. 가게 불빛과 아주머니 아저
씨 들을 보자 마음이 놓였다. 유리는 뒤를 돌아보았다. 동문 시장
입구에 안개가 스멀스멀 모여들더니 그림자 여왕이 나타났다. 긴
머리칼과 잿빛 옷자락이 바람에 날리며 냉기를 흩뿌리고 있었다.
그림자 여왕이 모든 걸 얼려 버릴 것만 같은 눈빛으로 유리를 쏘
아보았다. 그림자 여왕은 시장 안으로 들어오려고 했다. 하지만 그
때마다 보이지 않는 어떤 힘에 의해 제자리로 밀려나곤 했다.

"흐—하—아—아—아—!"

그림자 여왕이 비명도 웃음도 울음도 아닌 소름 끼치는 소리를
내며 눈 폭풍처럼 시장 골목을 향해 거칠게 달려들었다. 그러자
바깥쪽 가게부터 하얗게 얼어붙으며 부서져 나가기 시작했다. 유
리는 시장 안쪽을 향해 달리기 시작했다. 문득 가게 아저씨 아주
머니 들이 말없이 손가락으로 한쪽을 가리키고 있는 게 보였다.

유리는 그쪽을 향해 달려갔다. 시장 가운데에 부처처럼 생긴 할머니가 앉아 있는 장난감 가게가 보였다. 시장의 아저씨 아주머니들이 가리키는 곳은 바로 그 가게였다. 뒤를 돌아보니 시장은 이미 반쯤 얼어붙어 부서져 나간 상태였다.

"유―리―, 나는 너다, 유―리―."

그림자 여왕의 목소리와 함께 머리칼과 옷자락이 유리를 향해 뻗어 왔다. 유리는 장난감 가게로 뛰어들었다. 부처처럼 생긴 할머니가 가게 뒤쪽의 다락방 문을 가리켰다. 유리가 다가가자 다락방 문이 열리고 고양이 여러 마리가 나타나 손을 내밀었다. 하지만 다락방이 너무 높아 손이 좀처럼 닿지 않았다.

"흐―하―아―아―아―!"

서릿발이 흩날리는 옷자락과 머리칼이 뱀처럼 장난감 가게로 들어왔다. 장난감 가게 할머니는 가부좌를 틀고 앉아 가슴 앞에 두 손을 모으고 있었다. 장난감 가게 할머니가 방어막을 만들자 옷자락과 머리칼은 할머니 앞에서 유리벽에 부딪친 것처럼 더 들어오지 못하고 있었다. 장난감 가게가 커다란 냉동실처럼 얼음과 서리로 뒤덮여 가기 시작하더니 그림자 여왕이 모습을 나타냈다.

"흐―하―아―아―아―!"

소름 끼치는 소리에 뒤를 돌아보던 유리는 그림자 여왕과 눈이 마주쳤다. 그 순간 유리는 어디서 힘이 솟았는지 펄쩍 뛰어 다락방 문턱에 몸을 걸쳤다. 고양이들이 얼른 유리를 끌어 올렸다.

문 안쪽은 뜻밖에도 작은 언덕이었다. 유리는 재갈거리며 뛰어

내려가는 고양이들을 따라 언덕을 내려갔다. 언덕 아래에는 커다란 우물이 있고 거기서부터 거대한 항아리를 엎어 놓은 것 같은 집들이 늘어서 한 마을을 이루고 있었다.

"이 우물로 뛰어들어요! 빨리요!"

고양이들이 소리쳤다. 유리는 제 얼굴을 비추는 우물물을 들여다보며 망설였다. 문득 뒤에서 으르렁거리는 소리가 들렸다. 언덕 위에 안개가 피어오르는가 싶더니 그림자 여왕이 모습을 나타냈다. 고양이들이 마르인의 모습으로 변해 여왕을 막아섰다. 그림자 여왕이 발걸음을 옮기는 만큼 언덕은 눈과 얼음으로 뒤덮이고 있었다. 마르인들이 그림자 여왕을 향해 달려들었다. 그림자 여왕이 긴 채찍을 휘둘렀다. 마르인들은 이리저리 채찍을 피하며 집요하게 그림자 여왕을 가로막았다.

"흐—하—아—아—아—!"

그림자 여왕이 몸을 크게 부풀렸다. 눈보라가 회오리치기 시작했다. 마르인들은 몸을 가누지 못하고 하나둘 채찍에 맞아 산산이 부서져 나갔다. 눈보라의 회오리가 빠른 속도로 유리를 집어삼킬 듯이 다가왔다.

"빨리 뛰어들어요!"

마르인이 소리쳤다. 유리는 우물 속으로 뛰어들었다. 풍덩 하는 소리와 함께 차가운 물의 느낌이 온몸을 훑고 지나갔다.

무너지다

동문 시장 망루는 밤새 긴장 상태였다. 군복을 입은 달팽이 모자의 수가 계속 늘어난다는 소식이 들어오고 있었고, 기중기가 피라미드 타워 쪽에서 동문 시장으로 진입하고 있었다. 기중기의 진입은 무너진 건물의 잔해들 때문에 더뎠다.

"설마 어두울 때 공격해 오진 않겠죠?"

시베리안이 기중기 소리가 들리는 쪽으로부터 유인서 선생에게 시선을 돌리며 불안한 듯 물었다.

"그러진 않을 거예요. 그건 어느 쪽에든 너무 위험하니까요. 하지만 사람들의 눈이 많은 출근 시간은 피하고 싶을 테니 제 생각엔 아침 여섯 시 전후에 공격해 올 가능성이 클 것 같아요."

시베리안이 고개를 끄덕이며 시계를 보았다.

"지금이 새벽 네 시니까 얼마 안 남았네요."

그때 곱슬머리가 옥상으로 올라왔다.

"교대 시간도 아닌데 웬일이야?"

시베리안이 물었다.

"피라미드 타워 앞 광장에 가 봐야 할 것 같아서. 신부님한테서 전화가 왔는데 인터넷에 올린 폭로 문건 때문에 여기저기서 압력이 심한가 봐. 새벽 미사를 막을지도 모른다고 한 시간 일찍들 나오시겠대. 새벽 다섯 시까지 될 수 있으면 많은 사람이 미리 나왔으면 좋겠다고 해서, 사람들을 모아야겠어. 선생님도 저랑 같이 가시죠."

곱슬머리가 유인서 선생을 보았다.

"그러지요."

유인서 선생이 고개를 끄덕이고는 먼저 계단을 내려갔다. 곱슬머리도 뒤따라 내려갔다.

"저희, 피라미드 타워 앞 광장에 가는데 같이 안 가시겠어요?"

유인서 선생이 오 층 방에서 식사 준비를 하는 이한나 씨에게 물었다.

"벌써요? 새벽 미사는 여섯 시부터라고 하지 않았나요?"

이한나 씨가 시계를 보며 물었다.

"워낙 압력이 심해서 미사를 막을지도 모른다고 한 시간 일찍 나오신답니다."

곱슬머리였다.

"아, 그래요? 전 여기 좀 정리한 뒤에 갈게요. 먼저 가세요."

이한나 씨가 그릇에 라면을 퍼 담아 사람들에게 넘기며 말했다. 예닐곱 명의 사람들이 밤참을 먹는 중이었다.

"그럼 이따가 뵙죠."

유인서 선생이 고개를 꾸벅해 보이고는 곱슬머리와 계단을 내려갔다.

새벽 다섯 시. 기중기 소리가 가까워졌다.

"일어나! 공격해 오려는 것 같아."

옥상에서 망을 보던 사내가 계단을 내려오며 소리쳤다. 선잠을 자고 있던 사람들이 벌떡 일어나 우르르 옥상으로 올라갔다.

"아주머니, 빨리 여기를 빠져나가세요. 위험해요."

한 사내가 오 층 창밖을 내다보며 말했다. 이한나 씨가 다가와 옆에 섰다. 거대한 기중기가 망루 못미처에 컨테이너 박스를 내려놓고 있었고 그 주위에 방패를 든 전투복 차림의 달팽이 모자들이 몰려 있었다.

"시민을 상대로 군사 특공작전이라도 벌이겠다는 거야? 우리가 테러리스트라도 되나? 아주머니, 빨리 나가셔야겠어요."

사내가 분통을 터뜨리며 이한나 씨의 손을 잡아끌었다.

이한나 씨가 서둘러 망루를 빠져나오는데 야―옹 고양이 소리가 발밑에서 들렸다. 이한나 씨는 아래를 내려다보았다. 네오였다.

"미안하다. 널 깜빡하고 있었구나."

이한나 씨가 네오를 번쩍 안고 동문 시장 아치 쪽으로 걸음을 옮겼다. 알 수 없는 진동이 시작된 것은 이한나 씨가 아치를 지날 때쯤이었다. 이한나 씨는 비틀거리다가 자세를 바로잡았다.

"지진인가?"

이한나 씨가 피라미드 타워 광장으로 가는 동안 진동은 간헐적으로 이어졌다. 동문 시장 블록의 모서리를 돌자 멀리 광장에서 사람들이 우왕좌왕하는 게 보였다. 그때 주머니에서 핸드폰이 울렸다. 유인서 선생이었다.

"피라미드 타워가 심하게 흔들리면서 노숙자분들이 나오고 있어요. 유리 아빠도 나오셨습니다. 빨리 오세요."

다급한 목소리였다.

"유리 아빠가요? 지금 어디 있는데요?"

"앞쪽에 신부님들과 같이 있어요."

이한나 씨는 달리다시피 했다. 유인서 선생 말대로 단추 고양이는 사제복을 입은 신부들과 같이 있었다.

"괜찮아요? 어떻게 된 거예요?"

이한나 씨가 가쁜 숨을 고르며 단추 고양이를 보았다. 단추 고양이는 놀란 눈을 하고 쳐다보다가 회한 서린 목소리로 말했다.

"오랜만이오. 나도 모르겠소. 어느 순간 정신이 들었는데 건물이 흔들리고 사람들이 빠져나가고 있더군. 그래서 나도 따라 나온 거요. 잘 지냈소?"

단추 고양이는 이한나 씨가 안고 있는 고양이를 물끄러미 내려다보았다.

"이 고양이가 내가 유리에게 주고 간 그 고양인가?"

단추 고양이가 혼잣말하듯 물었다.

"그 고양이는 집을 나갔어요. 나이가 너무 많아서 죽으러 간 거 같아요. 이 고양이는 유리가 집 나간 고양이를 찾으러 갔다가 데려온 거예요."

단추 고양이가 이한나 씨에게서 고양이를 받아 안았다.

"유리는…… 잘 있소?"

단추 고양이가 고양이를 쓰다듬다가 망설이며 물었다.

"잘 있어요. 그런데 뭐 좀 물어볼 게 있는데……."

이한나 씨가 단추 고양이의 팔을 다짜고짜 잡아끌었다. 단추 고양이는 이한나 씨의 행동이 뜻밖이라 의아한 표정으로 이한나 씨를 보았다. 이한나 씨의 눈빛에서 광기 같은 게 느껴졌다. 단추 고양이는 묵묵히 이한나 씨를 따라 사람들이 없는 구석으로 갔다.

"내가 묻는 말에 사실대로 말해 줘야 해요."

이한나 씨가 단추 고양이에게 다짐부터 받았다. 단추 고양이는 말없이 고개를 끄덕였다.

"저기…… 유리 어릴 때 내가 유리에게 남자아이 옷 입혔던 거 기억나요?"

단추 고양이는 바짝 긴장이 되었다. 유심히 이한나 씨를 살폈지만 이한나 씨가 왜 그런 질문을 하는지 짐작이 되지 않았다.

"그때 유리가 남자아이 옷 입는 거 정말 싫어했어요?"

이한나 씨가 재차 물었다. 단추 고양이는 착잡한 표정으로 고개를 끄덕였다.

"그랬구나. 유리가 싫어하는데 왜 내가 억지로 남자아이 옷을 입혔던 건지 모르겠어요. 혹시 내가 기억 못 하는 게 있나요?"

이한나 씨의 눈빛은 간절했다. 단추 고양이는 어떻게 대답해야 할지 몰라 망설였다.

"정말 기억이 안 나오?"

단추 고양이가 뜸을 들이다 물었다.

"뭐가요?"

"당신, 남자 여자 쌍둥이를 낳았어요. 남자아이는 이름도 짓기 전에 죽었지만⋯⋯."

"내가⋯⋯ 쌍둥이를 낳았다고요?"

이한나 씨가 경악하여 단추 고양이를 보았다. 이마를 짚으며 비틀하는 이한나 씨를 단추 고양이가 한 손으로 부축했다.

"잠깐만요, 잠깐만요."

이한나 씨가 단추 고양이의 손을 떨어내며 숨을 크게 들이쉬었다 내쉬었다 했다.

"내가 왜 그걸 까맣게 잊어버리고 있었던 거죠?"

좀 진정이 되었는지 이한나 씨가 중얼거리듯이 물었다.

"충격이 너무 컸는지 당신은 쌍둥이를 낳았다는 것도 남자아이가 죽었다는 것도 기억하지 못했소. 그러면서 가끔씩 유리를 남자아이라고 착각하는 것 같았소. 유리에게 남자아이 옷을 입힌 것도 그 때문이었을 거요. 당신이 그럴 때마다 유리는 많이 무서워

했고."

단추 고양이가 지난날을 돌이키며 한숨을 삼켰다.

"유리가 나를 무서워했다고요?"

이한나 씨가 허물어지듯 땅바닥에 쪼그려 앉았다. 그러고 보니 어렴풋이 기억이 나는 것도 같았다.

'그랬구나. 그래서 나쁜 엄마, 좋은 엄마였구나. 그래서 나쁜 유리, 좋은 유리였구나. 그랬구나. 그랬어.'

이한나 씨는 한숨을 쉬었다. 한숨과 함께 팽팽했던 긴장감이 몸을 빠져나가는 느낌이었다. 자기도 모르게 눈물이 주르르 흘러내렸다. 그러면서 앙다문 잇새로 울음이 새어 나왔다. 끄―으―으―으―으.

한번 시작된 울음은 그치려고 해도 쉽게 그치지 않았다. 으―으―으―으―으.

단추 고양이는 이한나 씨 곁에 묵묵히 서 있었다. 한동안 울게 놔둬야만 할 것 같았다.

"한참 찾았는데 여기 있었네?"

곱슬머리가 단추 고양이를 보고 반색을 하며 다가오다가 쪼그려 앉아 훌쩍거리는 이한나 씨를 보고는 멈칫했다.

"이거 참 급한 일이라……. 유리가 기중기 있는 쪽으로 가는 걸 봤어."

곱슬머리가 단추 고양이에게 말했다.

"뭐라고요? 유리가요?"

이한나 씨가 벌떡 일어서며 소리쳤다.

"예, 피라미드 타워가 흔들리며 사람들이 쏟아져 나오기에 지켜
보고 있었는데 여자애가 하나 나오더라고요. 유리가 분명했어요.
놀라서 쫓아가는데 어찌나 빨리 달리는지 피라미드 타워 뒤쪽에
서 놓쳤어요. 무너진 시장으로 들어가는 건 보았는데 찾을 수가
없더라고요."

곱슬머리가 미안한 표정으로 말했다.

"유리는 사슴 영감님이 데려갔다고 했는데 무슨 말이에요? 잘
못 보신 거 아니에요?"

이한나 씨가 따지듯이 물었다.

"사슴 영감님도 봤어요. 무너진 시장에서 유리를 찾는데 뭐가
훅 지나가더라고요. 사슴 영감님이었어요. 어디가 편찮으신지 축
늘어진 인형처럼 지나가는데 유리처럼 감쪽같이 사라져 버렸어
요. 어쨌든 이러고 있을 때가 아니에요. 거긴 건물 잔해에다 기중
기까지 들어오고 있어서 사고가 날 수도 있어요."

곱슬머리가 재촉했다.

"얼른 가 보세."

단추 고양이가 곱슬머리를 앞세워 달리기 시작했다. 이한나 씨
도 뒤쫓아 달렸다.

피라미드 타워 뒤쪽에 이르렀을 때 다시 땅과 건물이 흔들렸다.

"유리야!"

"유리야!"

"영감님!"

이한나 씨와 단추 고양이, 곱슬머리는 목이 쉬도록 이름을 부르며 시장 안쪽을 향해 나아갔다. 땅이 또 한 번 흔들리더니 콰광—엄청난 폭발음이 들리고 세 사람은 건물 잔해 위에 쓰러졌다.

네오가 야옹 울며 단추 고양이를 발로 긁었다. 단추 고양이는 귀가 먹먹하고 머리가 멍했다. 겨우 정신을 차려 주위를 둘러보았지만 새벽녘 어둠에 안개, 구름처럼 일어난 먼지가 뒤섞여 아무것도 보이지 않았다.

"유리 엄마, 어디 있어? 괜찮아? 곱슬머리, 곱슬머리?"

단추 고양이가 소리쳤다.

"난 괜찮아요."

이한나 씨의 목소리가 바로 옆에서 들렸다.

"나도 괜찮아. 한쪽 발목을 삐었나 봐."

곱슬머리의 목소리가 이한나 씨 너머에서 들렸다.

"우리 유리! 우리 유리 어떡해?"

이한나 씨가 퍼뜩 제정신이 들었는지 소리쳤다.

"진정해요. 지금 움직이는 건 위험해."

단추 고양이가 벌떡 일어서는 이한나 씨의 팔을 잡았다. 그때 다시 펑— 작은 폭발음이 들리더니 망루 쪽에서 불길이 솟았다. 불길이 커지자 주위가 환해지며 망루 근처에서부터 무너진 시장 안쪽까지 엄청나게 큰 구덩이가 패어 있는 게 보였다.

"맙소사! 사람들은 다 빠져나왔겠지? 망루에 가 봐야겠어!"

곱슬머리가 일어나 다리를 절며 망루 쪽으로 걸음을 옮겼다.

이한나 씨와 단추 고양이는 조심조심 거대한 웅덩이를 향해 다가갔다. 네오가 단추 고양이의 품에서 빠져나가려는 듯 버둥거렸다.

"도대체 무슨 사고가 난 거야?"

단추 고양이가 웅덩이 안을 내려다보았다. 웅덩이 가운데에는 거대한 기중기와 컨테이너 박스가 넘어져 있고 지하수가 흘러나왔는지 물이 고여 있었다. 문득 웅덩이 위쪽에 눈에 익은 물건이 보였다. 긴 끈이 달린 단추 고양이 인형이 철근 조각에 매달려 있었다.

"어, 이건?"

단추 고양이가 인형을 집어 들며 중얼거렸다.

"이거 유리가 목에 걸고 다니던 건데······."

이한나 씨가 빼앗듯이 인형을 낚아채며 뒷말을 잇지 못했다. 그 순간 버둥거리던 네오가 단추 고양이의 품을 벗어나 웅덩이 아래를 향해 쏜살같이 달려 내려가기 시작했다.

"유리가 저 아래 어디 있나 봐요. 네오가 유리한테 가는 거예요."

이한나 씨가 웅덩이 아래로 발을 디뎠다.

"안 돼. 위험해. 내가 내려갈 테니 당신은 여기 있어요."

단추 고양이가 이한나 씨의 팔을 붙잡았다. 하지만 이한나 씨는 강한 힘으로 단추 고양이를 뿌리쳤다. 그리고 다음 순간 단추 고양이는 '크—헝!' 하는 맹수의 포효 소리를 들었다. 마치 푸른 불꽃이 뿜어져 나오는 것 같은 털을 가진 커다란 맹수가 웅덩이 아

래를 향해 내려가고 있었다. 사자 같기도 하고 호랑이 같기도 하고
거대한 고양이 같기도 한 맹수였다.

신들의 시장

유리는 물속에서 눈을 꼭 감고 있었다. 어느 순간 눈앞이 환해
지더니 물의 감촉이 사라졌다. 눈을 떴다. 유리는 완만하고 깊지
않은 분화구 같은 곳의 가운데에 서 있었다. 주위를 둘러싼 나지
막한 언덕 위엔 거대한 나무들이 빙 둘러 드문드문 자라고 있었
다. 나무마다 색색의 긴 광목천이 묶여 바람에 날리고 있었다.

그중에서도 동쪽에 서 있는 나무는 특히 컸다. 둘레가 삼사십
미터는 돼 보였고 키는 끝닿은 곳을 알 수 없을 정도로 높았다. 줄
기와 뿌리가 만나는 아랫동아리에 커다란 문이 있었다. 거대한 뿌
리 사이로 난 굴로 이어지는 문이었다.

나무 밑에는 덩치가 황소만 한 푸른 마르인이 하나씩 앉아 있었
다. 그리고 동쪽의 거대한 나무 밑에는 머리칼이 길고 하얀 할머
니가 서 있었다. 푸른빛에 둘러싸인 할머니는 양쪽에 푸른 마르인

을 하나씩 거느리고 있었다.

"신들의 시장에 잘 왔다, 유리야. 나는 푸른 마르인족의 족장이다. 이리 올라오너라. 그곳은 그림자 여왕의 자리다."

족장 할머니가 손짓을 했다. 유리는 언덕 위로 올라가 족장 할머니 곁으로 다가갔다. 족장 할머니 곁에 서자 사방이 한눈에 보였다. 신들의 시장 서쪽에는 넓은 숲이 있고 숲 가운데에 거대한 나무들이 성벽처럼 빙 둘러싼 마을이 보였다. 나무 사이사이로 편편한 돌을 네모지게 잘라 얹은 너와 지붕이 보였다. 마을을 둘러싼 숲을 벗어나 벌판을 지나면 푸른빛이 감도는 산봉우리들이 하늘 높이 솟아 있었다. 그 산봉우리들에 둘러싸인 분지 안에 마을과 신들의 시장이 있는 셈이었다.

'여기가 푸른 마르인의 땅인가?'

유리가 속으로 중얼거리는데 족장 할머니의 목소리가 들렸다.

'그래, 여기가 푸른 마르인의 땅이다. 네가 길이 돌아와 쉴 수 있는 고향이지. 너도 푸른 마르인의 피를 이어받았으니까.'

그건 귀로 들리는 게 아니라 마음속으로 전해지는 소리였다. 유리는 족장 할머니의 목소리에 마음이 푸근해졌다.

그때 하얀 냉기가 언덕 아래, 유리가 서 있던 마당 한가운데에 서리기 시작하더니 그림자 여왕이 서서히 나타났다. 얼음 부스러기가 떨어져 내릴 것만 같은 얼굴이 보이고 하얗게 냉기를 뿜어내는 긴 머리칼과 옷자락이 마당 안에 회오리쳤다. 얼음과 눈이 점점 면적을 키우면서 언덕 위로 올라왔다.

"크—헝, 크—헝, 크—헝!"

푸른 마르인들이 일제히 포효했다. 그러자 눈과 얼음이 면적을 줄이며 마당 가운데로 좁혀 들어갔다.

"그림자 여왕, 신들의 시장에 남은 마지막 보물을 가지러 온 걸로 아네. 그러면 보물을 가지고 가면 될 일이지 쓸데없이 다른 생명들을 죽일 필요는 없지 않은가?"

족장 할머니의 목소리가 천둥처럼 신들의 시장을 우렁우렁 울리고 먼 산에 메아리쳤다.

"그대가 푸른 마르인족의 족장인가? 내가 무슨 다른 생명들을 죽였다고 생트집인가? 텃세가 너무 심한 거 아닌가? 흐흐흐흐 하하하하 호호호호."

그림자 여왕의 날카로운 웃음소리에 나뭇잎들이 우수수 떨어져 내렸다.

"마당의 풀들과 벌레들도 하나하나가 다 생명일세. 우리는 마지막 보물을 가져가지 못하게 막은 적이 없네. 필요하다면 얼마든지 들어가서 가져가게. 저 신의 창고 깊이에는 세 개의 나뭇가지가 있네. 그중 하나가 마지막 보물이지. 누구든 만약 엉뚱한 나뭇가지를 집어 들면 그 순간 재가 되어 사라진다네. 나도 거기서 예외는 아니야. 어떤가? 자네의 지혜와 운명을 한번 시험해 보겠는가? 자신이 없다면 조용히 돌아가는 것도 막진 않겠네."

족장 할머니가 말하며 거대한 나무 아랫동아리에 있는 문을 가리켰다. 그러자 족장의 양옆을 지키고 있던 푸른 마르인 둘이 달려가 문을 활짝 열었다. 문 뒤에서 검게 입을 벌린 동굴 입구가 나타났다.

"허튼수작하지 마라. 그 동굴이 함정이란 건 이미 알고 왔다. 전에 왔던 자들이 어리석게도 모두 함정에 빠져 재로 사라졌다고 하더군. 미안하지만 나는 그놈들처럼 바보가 아니다. 자, 이 벌레의 목숨을 걸고 나와 협상을 해 볼 생각은 없나? 흐흐흐흐 하하하하 호호호호."

그림자 여왕이 땅바닥에 채찍을 내리쳤다. 그러자 하얀 얼음덩어리가 땅바닥에 굴렀다. 사슴 영감이었다. 갈가리 찢긴 사슴 인형의 잔해가 사슴 영감 주위에 흩어졌다.

"할아버지!"

유리가 앞으로 달려 나가려 했다. 족장 할머니가 유리의 팔을 붙들었다.

"그래, 시장의 신 목숨을 살려 주는 대가로 바라는 게 뭔가?"

족장 할머니가 껄껄 웃으며 물었다.

"저 꼬마에게 나 대신 마지막 보물을 가져오게 해라. 하하하하 호호호호 흐흐흐흐."

그림자 여왕은 이 상황이 매우 재미있다는 듯 길게 웃었다.

"선택은 우리 꼬마 아가씨가 해야 할 것 같군."

족장 할머니가 유리를 돌아보았다. 유리는 당황스러웠다.

'세 개의 나뭇가지 중 하나를 골라야 한다고? 엉뚱한 걸 고르면 그 순간 재가 되어 사라지는데? 이제까지 여기를 찾아왔던 그림

자의 왕들이 모두 재가 되었다는데 나는 마지막 보물을 제대로 골라낼 수 있을까?'

사슴 영감의 목숨을 구해야 하지만 그건 유리 자신의 목숨을 걸어야 하는 일이기도 했다.

"꼬마야, 역시 남을 위해 네 목숨을 거는 건 어렵겠지? 하하하하 호호호호 흐흐흐흐."

그림자 여왕의 비웃음이 유리의 가슴속에 메아리를 일으키며 산카라의 말을 떠올리게 했다.

'넌 아무것도 아니다, 유—리—. 넌 아무것도 아니었고, 아무것도 아니고, 앞으로도 아무것도 아닐 것이다, 유—리—.'

그러자 유리의 가슴 깊이에서 파란 불꽃이 일었다. 유리는 하라와 바얀, 솔본과 오인, 야바달과 토오루운, 어머니의 숲 여왕과 사슴 영감을 떠올려 보았다. 그들은 어려움이 닥쳤을 때 모두 유리를 대신해서 목숨을 걸었다.

"네, 가겠어요."

유리가 입술을 깨물며 고개를 끄덕였다.

"흐흐흐흐, 결과가 어떻게 나올지 무척 궁금하군. 그렇지 않은가? 하하하하 호호호호."

유리는 그림자 여왕의 웃음을 뒤로하고 족장 할머니를 따라 신의 창고를 향해 갔다.

"걱정하지 말고 네 마음이 시키는 대로 해라."

족장 할머니가 유리의 어깨를 토닥여 주었다.

'별거 아니야. 잘할 수 있어!'

유리는 마음속으로 외치며 굴속으로 발을 내디뎠다. 손바닥을 펴자 손바닥 가운데에서 조그만 불꽃이 피어올랐다. 계단이 끝도 없이 아래로 뻗어 나갔다. 동굴의 벽은 구불구불한 나무뿌리로 이루어져 있었다. 한참을 내려가자 아래쪽이 호박 보석 빛으로 환했다. 유리는 손바닥을 접었다. 굴이 끝나는 곳에 작은 방이 있었다. 방 한가운데에 호박 보석 빛으로 빛나는 타원형의 투명한 알이 있었다. 알 속에는 묘하게 생긴 동물 화석이 있었다. 뿔은 사슴의 뿔을 닮았고 발은 매의 발을 닮았지만 나머지 모습은 푸른 마르인이었다. 긴 뿔은 세 갈래로 갈라져 나와 그 끝들이 알 표면까지 닿아 있었다. 유리가 세 개의 나뭇가지를 찾아 방 안을 두리번거리는데 알 표면에 닿은 뿔 끝에서 뭔가가 불쑥불쑥 자라 나왔다. 하나는 잎이 금빛으로 반짝이는 나뭇가지였고, 다른 하나는 잎이 은빛으로 반짝이는 나뭇가지, 마지막 것은 잎이 납빛으로 시든 나뭇가지였다. 금빛과 은빛으로 찬란한 나뭇가지에 비하면 잎이 시든 나뭇가지는 보물이란 이름조차 떠올릴 수 없을 만큼 초라했다.

'저 세 개 중 하나가 마지막 보물이라고?'

금이나 은으로 되어 있다고 해서 마지막 보물일 것 같진 않았다. 그렇다고 다 죽어 가는 나뭇가지가 마지막 보물이라고도 할 수 없었다.

'하지만 만약 그게 마지막 보물이라면 왜 그런 거지?'

유리는 대답할 수 없었다. 확신이 서지 않았다. 그때 유리의 마음속에 남아 있던 노랫소리가 되살아났다. 어머니의 숲 여왕의 목소리였지만 너무 희미해서 무슨 노래인지 알 수가 없었다.

'불꽃을 불러내면 노랫소리가 살아날까? 바얀의 모닥불은 세상의 모든 이야기를 기억하고 있으니까.'

유리는 손바닥을 폈다. 손바닥 가운데에서 작은 불꽃이 피어났다. 유리는 흔들리는 불꽃을 보며 마음속을 스쳐 지나는 노랫소리에 귀를 기울였다. 노랫소리가 점점 커지더니 노랫말이 들리기 시작했다.

사람도 이젠 죽지 않고 버려지지,
죽는 법을 잊어버려서.
모든 게 죽지 않고 버려져
녹슬지도 썩지도 않고 반짝이네.
그건 영원이 아니라
영원히 돌아갈 곳을 잃은 것일 뿐.
돌아갈 곳을 잃은 것들이
방황에 지쳐 비처럼 떨어지고
쓰레기의 산이 부질없는 키를
한 움큼 한 움큼 키우고 있네.

"죽지 않고 버려진다고? 죽는 법을 잊어버려서? ······죽지 않고 버려져 녹슬지도 썩지도 않고 반짝인다고? ……그런 게 쓰레기라고? ……맞아, 이게 마지막 보물이야!"

유리는 납빛으로 시들어 있는 나뭇가지가 마지막 보물이라는 확신이 들었다. 그래도 숨이 막힐 듯 심장이 뛰고 손끝이 바르르 떨렸다. 유리는 조마조마한 가슴을 누르며 손을 뻗어 그 나뭇가지를 뽑았다. 눈을 감았다. 하나 둘 셋, 아무 일도 없었다. 유리는 그 자리에 털썩 주저앉아 안도의 한숨을 쉬었다.

유리는 나뭇가지를 들고 계단을 올라갔다. 위로 올라갈수록 나뭇가지에 돋아난 나뭇잎들이 연녹색으로 살아나기 시작했다. 굴 밖에 서자 햇빛이 눈부셔 유리는 눈을 감았다.

'유리야, 해낼 줄 알았다.'

족장 할머니의 목소리가 마음속으로 전해져 왔다. 유리는 눈을 떴다. 그림자 여왕과 눈이 마주쳤다.

"이제 사슴 할아버지를 보내 줘!"

유리가 소리쳤다.

"그런 하잘것없는 나뭇가지가 마지막 보물이라고? 하하하하, 그걸 믿으라고? 호호호호."

그림자 여왕이 의심이 가득 찬 눈으로 유리가 들고 있는 나뭇가지를 쏘아보았다.

"여기 왔던 자들 모두 그렇게 생각했기 때문에 재로 변한 거라네. 그대도 저 굴에 들어갔더라면 그렇게 되었을 걸세. 이제 시장의 신을 보내 주게."

족장 할머니가 말했다.

"믿어 보지. 꼬마야, 나뭇가지를 들고 마당으로 오너라. 그럼 이 벌레를 던져 주지. 흐흐흐흐."

그림자 여왕의 말에 유리는 족장 할머니를 보았다. 족장 할머니가 고개를 끄덕여 보였다. 유리는 조심스럽게 언덕을 내려가 마당으로 몇 걸음 걸어 들어갔다.

"어디, 얼마나 대단한 보물인가 보자. 호호호호."

웃음소리와 함께 여왕의 채찍이 유리를 향해 날아왔다. 유리는 무의식적으로 나뭇가지를 들어 채찍을 막았다. 채찍이 나뭇가지에 닿자 용광로 불에 닿기라도 한 것처럼 손잡이까지 순식간에 녹아들어 갔다. 그림자 여왕이 깜짝 놀라 채찍 자루를 내던졌다.

"그런대로 쓸 만한 구석이 있겠군. 하하하하. 유리, 그 나뭇가지를 힘껏 던져라. 나도 이 쓰레기를 던져 주마. 흐흐흐흐."

그림자 여왕이 유리를 향해 팔을 뻗었다.

'이 나뭇가지를 주라고? 이 마지막 보물을 그림자 여왕에게 주면 온 세계가 그림자 여왕 게 되는 거 아냐?'

유리는 나뭇가지를 등 뒤로 숨겼다.

"왜? 너도 그 나뭇가지가 탐이 나는 거냐? 하긴 온 세계를 손아귀에 쥘 수 있다는데 그걸 마다할 자는 없겠지? 흐흐흐흐 하하하하 호호호호."

그림자 여왕이 유리를 쏘아보았다.

'유리야, 걱정 말고 나뭇가지를 던져라.'

족장 할머니의 목소리가 전해져 왔다.

'족장 할머니가 저러는 데는 이유가 있을 거야.'

유리는 망설이다가 그림자 여왕을 향해 힘껏 나뭇가지를 던졌다. 나뭇가지는 빨려 들어가기라도 하듯 그림자 여왕의 손으로 날아갔다.

"하하하하 호호호호 흐흐흐흐, 드디어 마지막 보물이 내 손에 들어왔구나. 이제 난 모든 세계의 여왕이야. 하하하하 호호호호 흐흐흐흐."

그림자 여왕의 소름 끼치는 울음이 길게 이어지다가 뚝 멈췄다. 한순간 그림자 여왕의 얼굴이 굳어지는가 싶더니 심하게 일그러졌다.

"우리는 한 번도 마지막 보물을 가져가지 못하게 막은 적이 없다. 여기 왔던 자들은 모두 가져갈 수 없기 때문에 가져가지 못한 것이다. 너 역시 똑같이 어리석구나, 그림자 여왕. 어둠을 구하는 자가 동시에 빛을 구할 수 없고, 죽음을 구하는 자가 동시에 생명을 구할 수는 없다. 마지막 보물은 너희가 가질 수 없는 것이야. 과도한 욕심은 파멸을 부를 뿐이지."

족장 할머니가 엄한 얼굴로 판결이라도 내리듯 말했다.

"흐—하—아—아—아—!"

그림자 여왕은 나뭇가지가 닿자 녹아내리는 것처럼 작아지고 있었다. 나뭇가지를 떨쳐 내려 했지만 나뭇가지는 살에 붙은 것처

럼 떨어지지 않았다. 그림자 여왕이 유리만큼이나 작아지더니 희
미해지기 시작했다.

"유—리—, 나는 너다. 흐—하—아—아—아—!"

그림자 여왕이 비명을 지르며 비틀비틀 유리를 향해 다가왔다.
유리는 어머니의 숲 여왕이 생각났다. 거울 고치의 배꼽 위에서
화사하고 따스했던 어머니의 숲 여왕은 차갑고 무서운 그림자 여
왕으로 바뀌어 갔다. 뚫고 나오려고 몸부림을 치듯 어머니의 숲
여왕이 그림자 여왕의 냉기가 흐르는 형체 속에서 나타났다 사라
지기를 반복했었다. 눈물이 날 것 같았다.

'그림자 여왕이 사라지면 어머니의 숲 여왕은 어떻게 되는 거
지? 그림자 여왕이 어머니의 숲 여왕이기도 한데……'

유리는 자기도 모르게 희미해지고 있는 그림자 여왕을 향해 주
춤주춤 나아갔다.

유리는 거울의 문에서 만났던 수현이를 떠올렸다. 그리고 거울
고치의 배꼽으로 걸어 올라가던 어머니의 숲 여왕을 떠올렸다. 어
머니의 숲 여왕은 자신이 흡수되리라는 걸 뻔히 알면서도 그림자
여왕에게 갔다. 왜?

'그림자 여왕이 아무리 끔찍해도 자기 자신의 일부니까!'

그 대답이 번개처럼 유리의 머리를 스쳤다. 그래, 자기 자신을
피해 도망 다니며 가짜로 살 수는 없는 거야.

'그래, 이건 피할 수 없는 싸움이야. 이제 어머니의 숲 여왕의 싸
움을 마무리해야 돼. 이건 나만의 싸움이야!'

유리는 그림자 여왕을 향해 나아갔다.

"그래, 그림자 여왕, 너는 나야!"

유리가 그림자 여왕에게 부딪쳤다. 무언가 차가운 것이 안으로 밀고 들어왔다. 그리고 아주 희미하게 어머니의 숲 여왕의 콧노래 소리도 느껴졌다. 음—음--음—음—음—. 무슨 노래일까?

> 꽃의 아가들은 꽃의 씨방에서
> 물의 아가들은 옹달샘의 가슴에서
> 사슴의 아가들은 어미 사슴의 품 안에서
> 두루미의 아가들은 어미 두루미의 깃털 아래서
> 잠이 드네.
> …….

정신이 아득해지고 있었다. 유리는 희미하게 웃었다.

연꽃이 피었다

잠들었던 것일까? 유리는 누군가 흔들어 깨우는 것을 느꼈다.
깊고 편안한 잠이어서 깨고 싶지 않았다. 그런데 유리 안에서 다
른 누군가가 번쩍 눈을 떴다. 그 눈빛은 분노에 차서 번갯불을 쏟
아 내는 것 같았다. 그 누군가가 태아처럼 웅크리고 있던 몸을 반
듯이 폈다. 그러자 몸이 엄청나게 커지기 시작했다. 냉기가 뚝뚝
흐르는 무서운 얼굴. 온몸에서 검붉은 빛을 뿜고 있어서 마치 지
옥에서 올라온 것만 같다. 그 누군가가 물 회오리를 일으키기 시
작했다.

'누구지?'

그림자 여왕이란 말이 유리의 머리를 스쳤다.

'그림자 여왕을 가두어야 한다고 했는데?'

유리는 잠에서 깨어나려 애를 썼다. 하지만 깨어나지지 않았다.

그때 어디선가 들어 본 듯한 노랫소리가 들렸다.

　올챙이가 알에서 깨는 초승달.
　알에서 깬 올챙이, 뒷다리가 나고 앞다리도 나서 상현달.
　앞다리가 난 올챙이, 꼬리가 뚝 떨어져 개구리 보름달.
　꼬리가 뚝 떨어져 개구리, 혀를 날름, 벌레 잡아 배가 뽈록 하현달.
　배가 뽈록 개구리, 추위에 입이 붙어 그믐달.
　입이 붙은 개구리, 봄바람에 입 떨어져, 해와 달이 하나인 땅 폴짝
초승달.

　초승달, 상현달, 보름달, 하현달, 그믐달, 해와 달이 하나인 땅 폴짝
초승달.

　'해와 달이 하나인 땅?'
　어디선가 많이 들어 본 말이었다.
　'누가 날 깨우는 거지?'
　유리는 번쩍 눈을 떴다. 물속이었다. 먼저 깨어난 그림자 여왕
이 자기 안으로 빨려 들어오는 느낌이 들고 물 회오리가 서서히
잦아들었다. 잦아드는 회오리를 따라 여자아이 하나가 내려오는
게 보였다. 유리는 여자아이를 받아 안았다. 작은 청개구리와 참
새도 보였다.
　'여기는 물속인가? 이 여자아이는 누구지?'

불현듯 누르 하탄의 자궁이란 말이 떠올랐다.

'그래, 여기는 어머니의 숲 여왕이 잠들어 있던 누르 하탄의 자궁이야! 그런데 나는 누구지?'

유리는 제 팔다리를 내려다보았다. 하얀 옷자락과 검고 긴 머리칼이 물결을 따라 흐느적거렸다, 그럼 내가 어머니의 숲 여왕이 된 건가?

"해와 달이 하나인 땅……. 해와 달이 하나인 땅……."

여자아이가 중얼거리며 눈을 떴다.

"그 열쇠 말을 누구한테 들었지?"

유리가 물었다.

"바얀의 모닥불요."

"바얀?"

유리는 먼 기억을 되살려 내려는 듯 미간을 찌푸렸다.

"그래, 바얀, 큰 숲의 주인, 어머니의 숲, 하라, 솔본, 오인, 야바달, 토오루운. 많이들 기다렸겠구나."

유리는 어머니의 숲 식구들의 이름을 하나하나 읊어 보았다.

"정말 너무 많이 기다렸어요."

아이는 울고 있었다.

"그래, 돌아가자."

유리가 아이의 등을 다독거렸다. 그러고는 아이를 안은 채 수면을 향해 헤엄쳐 올라갔다. 몸이 쑥— 솟구치는가 싶더니 어느새 우물가에 나와 있었다. 양면인 어른의 분화구 지하에 있는 그 우물이었다. 유리는 아이를 내려놓고 우물을 보았다. 푸른빛으로 감싸인 반투명한 자신의 모습이 물 위에 비쳤다. 옷자락이 가벼운 바람에 흔들리고 있었다. 머리에는 그믐달에서 보름달까지의 달 모양을 세공한 은빛 왕관을 쓰고 있었다. 달들이 차례차례 돌아가며 빛을 내고 있었다.

유리는 홀린 듯 자기 모습을 보았다. 깊은 물 밑에서 뭔가 어른거리며 올라오고 있었다. 수면에 비치던 유리의 모습이 흩어지며 연분홍의 연꽃이 나타났다. 문득 목둘레의 긴 흉터에 머플러를 두르고 등에 긴 칼을 찬 비연이 머리를 스쳤다. 출렁거리는 줄 위에서 뛰어오르는 줄광대도 떠올랐다.

"연꽃이 피었어, 비연 언니."

유리는 가만히 미소를 지었다.

유인서 선생은 피라미드 타워 스카이라운지 창가에 앉아 있었다.

"그간 뜻하지 않게 여러분에게 불편을 끼쳐 드려 죄송합니다. 그리고 퓨처 컴퍼니가 잘못을 깨닫도록 도와주신 점 감사드립니다. 물론 변명을 하자는 건 아닙니다만 이번 사건은 저희로서도 이해하기 어려운 점이 많습니다. 일개 지부의 책임자가 어떻게 그런 일을 벌였는지도 이해가 안 가지만 그 일과 관련된 사람들이 벌였던 일에 대해 기억을 제대로 못 하는 부분이 있다는 점도 참 불가사의합니다. 저희로서도 기막힌 일이고 한바탕 악몽이었으면 하는 심정입니다. 어쨌든 문제가 되었던 새로운 의료 기술 관련 시설과 계획들은 다 폐기하겠습니다. 무리가 있는 미래카드 제도도 빠른 시일 안에 정리를 할 작정입니다. 앞으로 퓨처 컴퍼니가 불필요하게 여기저기 간섭하는 일은 없을 거라는 점 분명하게 약속 드립니다."

퓨처 컴퍼니 지부의 새로운 책임자가 일행을 향해 고개를 숙였다.

"악몽도 마음속에 뭔가 있으니까 꾸는 거지 아무 이유 없이 꾸는 건 아니지 않습니까? 이번 사건도 마찬가지 같습니다. 물론 극단적인 모습으로 나타난 거겠습니다만 퓨처 컴퍼니 안에 뭔가 어두운 그림자가 있으니까 이번 사건이 일어난 거지 아무 이유 없이 일어난 건 아니겠지요. 그러니까 제가 드리고 싶은 말씀은 이번 사건을 수습하는 것도 중요하지만 이번 사건을 계기로 퓨처 컴퍼니의 운영 방식이나 방향에 문제가 없었는지 반성해 볼 필요도 있다는 거지요."

매부리코가 한마디 했다.

"그래서 퓨처 컴퍼니에 우리 같은 사람들의 의견을 듣는 기구라도 만들라고 의견을 드렸는데 그건 어떻게 얘기를 좀 해 보셨나요?"

요셉 신부가 물었다.

"충고의 말씀 고맙게 받겠습니다. 하지만 그런 기구를 만드는 건 전례가 없어서 좀 더 생각을 해 봐야 할 것 같습니다. 다시 한 번 죄송스럽고 고맙다는 말씀 드립니다. 그럼 맛있게들 드십시오."

퓨처 컴퍼니 책임자가 인사를 하며 와인이 담긴 유리잔을 들었다. 따라서 와인 잔을 들긴 했지만 모두들 떨떠름한 표정이었다.

'이렇게 적당히 넘어가겠다는 건가.'

유인서 선생은 입맛이 썼다. 잔을 내려놓으며 의자 등받이에 등을 기댔다. 창밖의 하늘로 눈길을 돌렸다. 반달이 희미한 빛을 내며 떠 있었다.

'반달?'

달과 관련해서 뭔가 날카로운 기억이 있다는 느낌이 드는데 잘 생각나지 않았다. 뭔가 중요한 것을 잃어버린 것 같은 느낌이었다.

'도대체 뭐지?'

유인서 선생은 커다랗게 웅덩이가 팬 동문 시장을 내려다보았다. 웅덩이와 그 주위가 마치 커다란 종기가 터진 상처처럼 보였다.

'저게 뭔가가 다가왔다 사라진 흔적인지도 모르지.'

유인서 선생은 생각했다. 저 깊은 심연 속에 감추어져 있던 무언가가 땅 위로 솟아올랐다 사라진 흔적. 그것이 땅 위에 있는 동안 이제까지는 알지 못했던 무언가를 알게 되었는지도 모른다. 그 상처가 갑자기 다가왔다 사라진 무언가를 끈질기게 말하려 한다는 느낌이 들었다.

'그런데 유리는 왜 저곳에 있었던 거지?'

생각이 유리에게 이르자 유인서 선생은 유리가 깨어났는지 몹시 궁금해졌다. 유리는 일주일 가까이 의식이 돌아오지 않고 있었다.

'유리한테나 가 봐야겠군.'

유인서 선생은 먼저 자리에서 일어섰다.

"연꽃이 피었어, 비연 언니."

유리는 중얼거리며 눈을 떴다. 하얀 천장이 보였다. 줄광대와 비연의 모습이 천장에 어렴풋이 떠올랐다 사라졌다.

'비연 언니와 줄광대 아저씨는 정말 연꽃을 피웠을까? 여기는 어디지?'

유리는 연신 눈을 껌벅거렸다. 누군가의 얼굴이 흐릿하게 위에 나타나더니 점점 또렷해졌다. 엄마였다. 그리고 아빠와 지노, 유인서 선생의 얼굴도 보였다.

"엄마."

유리는 말을 처음 배우는 아이처럼 엄마를 불렀다.

"깨어났구나, 유리야. 고마워."

이한나 씨가 울먹거리며 유리를 꼭 안았다. 단추 고양이의 손이 머리를 쓰다듬고 있었다. 지노는 침대 곁에 서서 가만히 웃고 있었다.

밤이었다.

병실 창밖으로 반달이 빛을 내고 있었다.

"달이 제 모습을 찾았어. 너무 차가워서 그림자 개가 달을 뱉었나 봐."

유리가 지노를 보며 말했다.

"무슨 소리야? 그림자 개가 달을 뱉다니?"

지노가 고개를 갸웃거렸다. 지노는 그림자 개가 달을 먹듯이 다른 세계가 지금의 세계로 밀고 들어와 겹쳤던 일을 기억하지 못하는 듯했다.

"유리 말이 진실인지도 모르지. 지노 너나 내가 그림자 개가 달을 먹었던 걸 잊어버렸는지도 몰라."

유인서 선생이 말하며 희미하게 웃었다.

사슴 영감을 제외하면 동문 시장 사람 중에 다친 사람은 있어도 죽거나 실종된 사람은 없었다. 동문 시장 일대를 샅샅이 뒤졌지만 사슴 영감은 끝내 발견되지 않았다.

사슴 영감의 인형 공장은 단추 고양이와 시베리안이 이어 가기로 했다. 단추 고양이와 시베리안은 불타 버린 사슴 영감의 가게 옆에 가건물을 지어 작업장으로 썼다. 사슴 영감의 가게가 있던 자리에선 오백 년 전의 우물이 발견되어 시 문화재로 지정이 되었기 때문이었다.

"이 우물 아래로 내려가면 귀도시가 있단 말이지?"

눈을 찌푸린 채 물 위에 부서지는 햇살을 보며 지노가 새삼 물었다.

"응, 거기 비연 언니하고 줄광대 아저씨가 살아. 지금쯤 연꽃이 피었을 거야."

유리가 먼 하늘을 올려다보며 알 수 없는 미소를 지었다. 지노는 무슨 말을 하려다 그만두었다. 유리가 짓는 미소가 왠지 서먹하게 느껴졌다. 지노는 유리가 병원에서 깨어나고부터 그런 느낌을 받고 있었다. 전처럼 막 대하기 어려운, 조금은 신비스러운 거리감 같은 게 생겼다고나 할까? 그 거리감이 섭섭하게 느껴지기도 했고 묘하게 가슴을 아리게도 했다.

"그런데 사슴 할아버지는 정말 어떻게 된 거지?"

지노가 새삼스럽게 웅덩이 쪽을 돌아보며 중얼거렸다.

"푸른 마르인의 땅에 계실 거야. 시장의 신은 신들의 시장에서 자기 운명을 다한다고 했으니까."

유리가 수수께끼 같은 말을 하며 또 알 수 없는 미소를 지었다. 지노는 뭔가가 생각날 듯 말 듯 하다는 듯 미간을 찌푸리며 눈을 가늘게 떴다.

지노처럼 사람들은 월식이 있었던 동안의 일들 중 어떤 것들은 까맣게 기억을 하지 못했다. 흔히 어른들이 그러듯 현실에서 일어나지 않을 것 같은 일들은 없었던 일처럼 기억에서 깨끗이 지워진 것 같았다. 그림자에 먹힌 손톱 달이 계속되고 있었다든지, 야바 달이 일으킨 허깨비 소동이라든지, 수현이라는 아이가 있었다든지, 유령 열차가 지하 터널의 벽을 뚫고 들어갔다든지 하는 일들 말이다. 그런 기억들은 사람들에게 손이 닿지 않는 곳의 가려움 같은 걸로만 남아 있었다.

사람들은 그렇게 중요한 것을 잊어버리고 살아간다. 하지만 무언가 까맣게 잊어버린 것이 간질간질 생각날 듯 말 듯 한 밤에 하늘을 보라. 거기 그림자 개에게 먹힌 달이 지상을 향해 뾰족한 날을 세우고 다른 세계가 당신이 사는 세계로 밀고 들어와 겹치는 것을 보게 될지도 모른다. 그렇게 푸른 마르인의 시간이 다시 시작되고 당신은 모르지만 당신에게 중요한 누군가가 문득 찾아올지도 모른다.

그림자 전쟁 III 신들의 시장

© 김진경 2011

초판인쇄 2011년 12월 6일 | 초판발행 2011년 12월 15일

지은이 김진경 | 펴낸이 강병선
책임편집 원선화 | 편집 홍지희 김성진 이복희 | 디자인 이지선
마케팅 신정민 서유경 정소영 강병주 | 온라인 마케팅 이상혁 한민아 장선아
제작 안정숙 서동관 김애진 | 제작처 영신사(인쇄) 경일제책사(제본)

펴낸곳 (주)문학동네 | 출판등록 1993년 10월 22일제406-2003-000045호
주소 413-756 경기도 파주시 문발동 파주출판도시 513-8
전자우편 kids@munhak.com | 홈페이지 www.munhak.com
카페 cafe.naver.com/kidsmunhak | 트위터 @kidsmunhak
내표전화 (031)955-8888 | 팩스 (031)955-8855
문의전화 (031)955-8890(마케팅) (02)3144-3238(편집)

ISBN 978-89-546-1594-5 04810
      978-89-546-1591-4(세트)

이 도서의 국립중앙도서관 출판시도서목록(CIP)은 e-CIP 홈페이지(http://www.nl.go.kr/ecip)에서
이용하실 수 있습니다.(CIP제어번호 : CIP2011005228)